CW01472109

Vorstadtleben

Band 1

Kapitel 1 - 100

.

Bibliografische Information der Deutschen Nationalbibliothek: Die Deutsche Nationalbibliothek verzeichnet diese Publikation in der Deutschen Nationalbibliografie; detaillierte bibliografische Daten sind im Internet über dnb.dnb.de abrufbar.

Die automatisierte Analyse des Werkes, um daraus Informationen insbesondere über Muster, Trends und Korrelationen gemäß §44b UrhG („Text und Data Mining") zu gewinnen, ist untersagt.

© Stefanie Grötzner 2024

Verlag: BoD · Books on Demand GmbH, In de Tarpen 42, 22848 Norderstedt

Druck: Libri Plureos GmbH, Friedensallee 273, 22763 Hamburg

ISBN: 978-3-7597-6178-1

Das Glück gedeiht im eigenen Haus und kann nicht in Nachbars Garten gepflückt werden.

- Douglas Jerrold –

Inhalt

Kapitel 1

Das mit dem Vorstadtleben ist schon seltsam. Es vermittelt einem das Gefühl von Sicherheit und Geheimnisfreiheit. Doch diese Sicherheit ist trügerisch, denn wie gut kennen wir unsere Nachbarn wirklich? Wir glauben, nur, weil wir nicht in einem anonymen Block in einer Großstadt leben und die Namen und Gesichter unserer Nachbarn kennen, dass das Leben sicherer ist. Doch wer weiß, was hinter verschlossenen Türen vor sich geht? Was sich wirklich hinter den akkuraten Vorgärten versteckt?

Nehmen wir die Nachbarin, die mit ihrem Mann und ihren zwei Kindern in einem schönen, kleinen beschaulichen Häuschen wohnt. Der Vorgarten und der Garten hinter dem Haus sind ordentlich gepflegt. Kein Unkraut darf sich hier einnisten. Es würde sofort herausgezogen und entsorgt. Doch was geht hier hinter verschlossenen Türen vor? Wochen- sogar monatelang wohnt nur einer der Ehepartner in diesem Haus. Meistens ist dies im Herbst/Winter soweit. Beide arbeiten in der Stadt. Keiner muss beruflich länger von zuhause fernbleiben.

Der ausgezogene Partner mietet eine Wohnung in der Stadt. Besuche finden statt, das können die Nachbarn an den Autos vor der Haustüre sehen, doch keiner hört und sieht, was hinter diesen Türen vor sich geht.

Sobald die ersten Sonnenstrahlen den Sommer ankündigen, kehren beide Ehegatten in das Familienheim zurück. Alle Nachbarn beobachten das Schauspiel, doch keiner würde fragen, was dort los ist. Tun doch auch die beiden Ehegatten so, als wäre alles perfekt und sie würden eine normale Ehe führen.

Oder nehmen wir den Nachbarn, der eine Firma führt, von der alle aufgrund der vielen Angestellten und Fahrzeuge davon ausgehen, dass sie gut läuft. Er hat eine Firma, ein Haus, eine Familie. Alle gehen davon aus, dass er ein gutes Leben hat. Kaum einer nimmt wahr, wie komisch sein Auto vor der Haustüre geparkt ist. Wie häufig er nicht gehend, sondern mehr kriechend zur Wohnungstür gelangt. Vielen fällt seine verwaschene Aussprache entweder nicht auf, weil sie schleichend eintrat, oder sie ignorieren die Anzeichen. Er hat doch alles, was man braucht, um glücklich zu sein. So einer kann kein Alkoholiker sein. Er ist schließlich ein netter Nachbar.

Zur Erheiterung trägt eine weitere Nachbarin bei, die, sobald die Familie aus dem Haus ist, die Musikanlage so weit aufdreht, wie es möglich scheint. Alle Nachbarn können nicht nur die Musik hören, sie wissen auch: Die Show beginnt. Tanzend vor den großen Küchenfenstern, im Garten, an der Wäschestange, mit Kleidung oder ohne. Sie lässt sich oft etwas Neues einfallen. Ob sie dies für sich oder für andere tut, wird ihr Geheimnis bleiben.

Das Leben in der Vorstadt hält viele unterschiedliche Menschen und Geschichten bereit.

Kapitel 2

Was war es für eine Aufregung und ein Getuschel, als das neue Paar in die Dorfstraße einzog. Ein junges Pärchen, das an den Wochenenden selten zuhause war und wenn es doch einmal ein Wochenende zuhause war, dann war ein anderer junger Mann übers Wochenende dort. Die Nachbarn tuschelten und stellten Vermutungen an. Geschichten und Gerüchte verbreiteten sich, bis einer der ruhigeren älteren Nachbarn sich ein Herz fasste. Er sprach die junge Frau direkt an, wie das Leben zu dritt so sei. Erst jetzt erkannte die junge Frau, was die Nachbarn über die drei dachten. Nach einem herzlichen Lachanfall stellte sie die Situation klar. Sie bemerkte zwar, wie unangenehm dem Nachbarn seine Mutmaßung war, doch sie nahm es mit Humor. Seine Äußerung, dass man sich nicht so viel Gedanken um das Leben anderer Menschen machen sollte, tat sie mit einem Lächeln ab.

Was jedoch keiner in dieser Vorstadt ahnte war, dass die nette Hausfrau, der sie alle vertrauten, die geduldig Pakete für die arbeitenden Nachbarn annahm, derer sie ihre Geheimnisse anvertrauten, jedes Detail in ein Tagebuch aufschrieb. Ein Tagebuch, welches bereits einen beträchtlichen Umfang hatte und in dem mehr Geheimnisse standen, als die Nachbarn ahnen konnten. Wer den ganzen Tag zuhause war und sich um den Haushalt und die Kinder kümmerte, bekam mehr mit, als vielen der Nachbarn lieb gewesen wäre. Warum sie dieses Tagebuch schrieb, wusste die Hausfrau selbst nicht. Vielleicht, weil sie so das Gefühl hatte, ein aufregenderes Leben zu haben, als sie es tatsächlich hatte.

Begonnen hatte sie mit dem Tagebuch an einem schönen Sommertag. Sie saß mit einem Kaffee auf ihrer Terrasse und genoss die wenigen Minuten, in denen die Waschmaschine noch lief, das Haus schon geputzt war und keiner zuhause war. Sie blickte über die niedrigen Zäune der Nachbarschaft und sah den Nachbarn drei Gärten weiter durch seinen Garten streifen. An sich war dies nicht ungewöhnlich. Die Uhrzeit sprach dafür, dass er Urlaub hatte. Sie gönnte es ihm. Am Ende des Gartens gab es ein kleines Mäuerchen zum angrenzenden Grundstück. Behende sprang er hinüber und verschwand im Haus der Nachbarn.

Ihre Neugier war geweckt. Immerhin arbeiteten auch diese Nachbarn Vollzeit und die Kinder mussten in der Schule sein. Sie reckte den Kopf in die Höhe und entdeckte, dass das Auto der Nachbarin in der Einfahrt stand. Auch diese hatte dann wohl Urlaub. Zunächst dachte sie sich nichts dabei und trank weiter ihren Kaffee. Erst als der Nachbar mit zerzaustem Haar das Haus eine halbe Stunde später wieder verließ, während sie im Garten die Wäsche aufhängte, dachte sie sich ihren Teil.

Als die Kinder im Bett waren und ihr Mann mit einem Bier vor dem Fernseher saß, zog sie ein altes leeres Notizbuch hervor und entschied, diese Beobachtung aufzuschreiben. Vielleicht konnte sie später kreativ sein und sich eine Geschichte dazu ausdenken.

Kapitel 3

Noch während sie die erste Beobachtung in ihr Tagebuch schrieb, überlegte sie, ob es richtig war. Es waren nicht ihre Geheimnisse, sondern die von anderen Menschen. Dennoch fand sie, diese Geheimnisse verdienten es, niedergeschrieben zu werden. Sie behielt sie für sich, da es nicht ihre Geheimnisse waren, sie vertraute sie nur ihrem Tagebuch an. Das, wie sie inständig hoffte, niemand jemals lesen würde, so lange sie noch auf Erden weilte. Vielleicht würden ihre Kinder es nach ihrem Tod finden, doch dann waren sicher auch viele Nachbarn nicht mehr hier, ob verstorben oder verzogen, darüber machte sie sich jetzt noch keine Gedanken. Zur Sicherheit gab sie ihren Nachbarn Spitznamen. Sicher ist sicher.

Monatelang schon schreibt sie in ihr Tagebuch, wie der Nachbar über den Zaun hüpfte, während seine Frau und der Nachbar nicht zuhause waren. Bei jedem neuen Eintrag in ihr Tagebuch überlegt sie, ob sie es einem der Partner sagen soll. Doch sie entschließt sich, dass es nicht ihre Sache ist. Wenn sie darauf

7

angesprochen würde, würde sie nicht lügen, aber bei der Nachbarin klingeln und ihr von der Beobachtung erzählen, das ging zu weit.

Ein glücklicher Zufall kommt ihr heute zugute, um sie aus ihrer Bredouille zu befreien. Sie sitzt am Küchentisch und schreibt die Einkaufsliste für diese Woche. Sie sitzt so, dass sie aus dem Fenster zur Einfahrt und zur Straße hinaussehen kann. Bevor sie es sieht, hört sie das Auto der Nachbarin, die sie nunmehr Irene tauft (Irene, die über ihren Mann irrt, denkt sie kichernd). Ein Blick auf die Küchenuhr verrät der Hausfrau, dass sie gerade einmal 5 Minuten am Küchentisch sitzt. Als sie zuvor die Fenster zum Garten geputzt hatte, hatte sie beim letzten Schließen der Fenster den Nachbarn gesehen auf seinem Weg zu seiner Geliebten. Er war also nicht einmal 10 Minuten fort und die Erfahrungen der letzten Monate hatten gezeigt, dass er durchschnittlich eine halbe Stunde im Haus der Nachbarn verbrachte.

Die Situation verspricht spannend zu werden. So natürlich wie möglich, geht sie durch die Küche in den Flur und in ihr Wohnzimmer. Hier öffnet sie unauffällig alle Fenster. Draußen scheint die Sonne, da kann man ja auch mal frische Luft ins Haus lassen, redet sie sich selber ein. Da kommt ihr eine Idee. Schnell zieht sie sich um. Im Garten gibt es immer etwas zu tun. Die Einkaufsliste kann warten. Sie kniet vor ihrem Tomatenbeet und beginnt, das Unkraut herauszuzupfen, langsam und gewissenhaft.

Es dauert eine gefühlte Ewigkeit, bis sie den Nachbarn pfeifend über den Zaun klettern sieht. Sein Hemd steckt nur halb in der Hose, seine Haare sind verwuschelt. Vom Garten aus kann er nicht sehen, dass seine Frau schon zurück ist. Weiterhin pfeifend betritt er das Haus durch die Terassentür, die er während seiner Stelldicheins stets für den Rückweg geöffnet ließ.

Kapitel 4

Just in dem Moment, wo sich die Tür hinter dem vermeintlichen Betrüger schließt, wirft ein anderer Nachbar den Rasenmäher an. Die Hausfrau seufzt und gibt sich geschlagen. Es geht sie auch nichts an, was hinter den verschlossenen Türen der Nachbarn vor sich geht. Sie zupft das Unkraut zuende und widmet sich wieder ihrem Tagewerk. Der Haushalt führt sich schließlich nicht von allein und die Einkaufsliste wartet auch noch auf sie.

Sie sitzt am Küchentisch vor ihrer Einkaufsliste. Sie kaut auf ihrem Bleistift herum, wohl wissend, dass sie ihren Kindern immer wieder sagt, dass sie es lassen sollen. Sind Eltern nicht häufig inkonsequent? Du sollst keinen rohen Teig essen, sagen sie zu ihren Kindern und schlecken selbst die Teigschüssel aus, wenn keiner hinsieht. Während sie vor sich hinsinniert, kommen ihre Kinder von der Schule nach Hause.

„Was ist denn bei den Nachbarn los," fragt ihre Tochter.

„Wieso," fragt die Hausfrau mit Unschuldsmiene.

„Es wird dort geschrieen und Geschirr zerschmissen."

„Wir leben in der Vorstadt, wir werden es bald wissen," sagt die Hausfrau mehr zu sich selbst als zu ihrer Tochter. Natürlich hatte sie sich vorgenommen, nicht für die Nachbarn zu lügen, aber waren ihre Kinder schon alt genug, um über ein derartiges Thema informiert zu werden? Wann waren Kinder alt genug, die Tragweite dessen zu verstehen, was dort vor sich ging? Sie wird es mit ihrem Mann besprechen, wenn dieser nach Hause kommt.

Von ihrem Platz am Küchentisch sieht sie, wie immer mehr Nachbarn zufällig die Straße entlang gehen. Zufällig? Nein, aber sie versuchen es so aussehen zu lassen. Es hatte sich schneller herumgesprochen, dass es dort einen Krieg gibt, wie es die Hausfrau vermutet hatte. Die anderen Kinder müssen ebenfalls zuhause berichtet haben, dass es dort einen großen Streit gab. Niemand klingelte oder sah durch die Fenster hinein, alle Nachbarn gingen vorbei oder führten Gespräche mit anderen

Nachbarn. Beide Parteien jeweils erfreut darüber, einen Grund zu finden, in Hörweite des Streithauses stehenbleiben zu können.

Die Hausfrau kochte bereits das Essen für die Kinder und ihren Mann. Sie deckte bereits den Tisch für das gemeinsame Essen, als sich die Straße nach und nach leerte. Die Nachbarn waren zwar alle neugierig, doch war es schwierig, über einen langen Zeitraum so zu tun, als wäre man zufällig gerade auf der Straße. Niemand schien herausgefunden zu haben, was geschehen war.

Als ihr Mann nach Hause kommt, ist Ruhe eingekehrt, sowohl im Nachbarhaus wie auch in der Straße. Jeder kümmert sich um seine Familie und alle fragen sich, was bei den Nachbarn einen derartigen Streit ausgelöst hat und wie es weitergehen wird.

Kapitel 5

Die Sonne scheint. Es ist ein perfekter Sommertag. Eine leichte Brise sorgt dafür, dass die Wärme nicht zu drückend ist. Überall in der Nachbarschaft hört man Rasenmäher, Sägen oder anderes Gartenwerkzeug. Jeder Nachbar werkelt an Haus oder Garten um das, was man eh schon hat, weiter zu perfektionieren.

Die Hausfrau wischt noch einmal den Tisch auf der Terrasse ab. Die Vögel hinterlassen immer irgendwelchen Dreck, wenn sie darüber fliegen. Heute wird mit der ganzen Familie gegrillt, sogar ihre Eltern kommen zu Besuch. Ihr Mann hat sich einen neuen Grill gekauft, der eingeweiht werden soll. Es ist ein Probedurchlauf, bevor die Nachbarn eingeladen werden. Denn dann soll, wie in der Vorstadt üblich, alles perfekt sein. Jeder weiß, dass nach einem gemeinsamen Grillabend viel darüber geredet wird. Da möchte man so wenig wie möglich dem Zufall überlassen.

Sie deckt den Tisch mit Liebe für 6 Personen. Ein kleiner Strauß Sommerblumen perfektioniert die Optik. Sie hört, dass auch auf der

Nachbarterrasse mit Tellern geklappert wird. Noch einmal streicht sie die Tischdecke glatt. Niemand deckt den Tisch so perfekt wie sie. Sie hört die Autotür und freut sich auf den ruhigen Abend im Kreise ihrer Lieben.

Ihre Aufmerksamkeit wird von ihrer Familie abgelenkt als sie die Nachbarn von unten, also die vermeintliche Betrügerin und ihren Ehemann, im Garten von Irene und ihrem vermeintlichen betrügerischen Ehemann sieht. Sie kommen den Garten hinauf. Die vermeintliche Betrügerin Beate trägt eine große Tupperschüssel unter dem Arm. Der Abend verspricht, spannend zu werden. Ein bisschen bereut die Hausfrau, dass sie das Familienessen auf heute gelegt hat. Schließlich möchte sie ihrer Familie und dem Abend gerecht werden. Neugierig ist sie aber auch. Auch wenn sie es immer bestreitet und nach außen hin so tut, als würde sie sich nicht am Klatsch und Tratsch beteiligen, liegt es doch in ihrer Natur.

„Wie konntet ihr uns das antun," brüllt Irene und zieht so die Aufmerksamkeit der ganzen Familie der Hausfrau auf sich. Nun sind alle neugierig, auch die Männer, die sich sonst aus so etwas heraushalten.

Während Beate versucht, darzulegen, wie es passieren konnte, dass sie und Bob eine Affäre hatten, sind Bob und Beate´s Ehemann erstaunlich ruhig. Kein Wort kommt über ihre Lippen. Die Frauen diskutieren heftig und leidenschaftlich, bis Irene mit der Faust auf den Tisch schlägt.

„Es reicht. Ist es zu Ende?"

„Ja," sagt Beate und klingt überzeugt.

„Okay," sagt Irene, „dann vergessen wir die Angelegenheit und es wird nie wieder vorkommen."

Danach hören die Hausfrau und ihre Familie, wie Gläser aneinandergestoßen werden. Wow, denkt die Hausfrau. Ich wüsste nicht einmal, ob ich einen Fehltritt verzeihen könnte, aber es dann einfach vergessen und anzustoßen, das könnte ich mit Sicherheit nicht. Über dem Familienessen schwingt nun eine eigenartige Atmosphäre, während nach einigen Getränken auf der Nachbarterrasse gelacht und gescherzt wird.

Kapitel 6

Die Hausfrau schreibt am nächsten Morgen alles in ihr Tagebuch. Den Vorteil an ihrem Tagebuch hat sie entdeckt. Sie kann ihre Geschichte teilen, ohne, dass sie zur Tratschtante mutiert. Es befreit sie, die Geheimnisse zu teilen. Es fällt schwer, ein Geheimnis für sich zu behalten, aber sie möchte um keinen Preis der Welt zur Tratschtante des Dorfes mutieren. Diesen Titel hat schon immer die Nachbarin von gegenüber. Trutchen wusste über alles und jeden Bescheid oder tat zumindest so. Wenn man etwas wissen wollte, fragte man einfach sie. Die Geschichten von Trutchen waren jedoch mit Vorsicht zu genießen. Trutchen stand gerne im Mittelpunkt und spielte sich gerne auf. Es kam daher sehr häufig vor, dass sie eine kleine Neuigkeit derart aufbauschte, dass es hinterher eine Geschichte von mindestens einer halben Stunde wurde.

Nehmen wir als Beispiel den einen Nachbarn, der einmal mit seinem Fahrzeug nach Hause kam und von der Polizei verfolgt wurde. Auf seiner Auffahrt wurde er sodann gestellt. Natürlich hatten einige Nachbarn es gesehen und waren

16

neugierig, aber keiner traute sich direkt zu fragen, also besuchten sie Trutchen auf einen Kaffee und erfuhren so die unglaubliche Geschichte.

Trutchen wusste zu berichten, dass im nahen Waldstückchen wenige Straßen entfernt eine Leiche gefunden worden sei. Der betreffende Nachbar sei beobachtet worden, wie er den Tatort verließ. Fußspuren seien ihm zugeordnet worden, die von dem Fundort der Leiche aus dem Wald hinausführten. Bei der Leiche sollte es sich um eine junge Frau gehandelt haben, deren Identität noch nicht festgestellt worden war. Es sei jedoch keines der Mädchen aus dem Dorf gewesen, da keines von ihnen vermisst wurde. Schnell machte sich im Dorf Panik breit. Sind es nicht immer die stillen, netten Menschen, die eigentlich Serienkiller sind? Die hilfsbereiten Nachbarn, denen keiner je zugetraut hätte, etwas Böses zu tun? Eltern wachten über ihre Kinder, als würde feststehen, dass sie das nächste Opfer des Nachbarn werden würden.

Die wahre Geschichte war nicht halb so spektakulär. Da die Biotonne voll war, die Nachbarn aber einer großen Tanne den

Garaus gemacht hatten, war noch reichlich Grünschnitt zu entsorgen. Kurzerhand wurde der Grünschnitt auf einen Anhänger geladen. Da die Natur nicht weit ist, fuhr der Nachbar dorthin und entsorgte seinen Grünschnitt am Waldesrand. Dies ist jedoch illegal, so dass die Polizei sich gezwungen sah, eine Anzeige aufzunehmen.

Obwohl jeder wusste, dass Trutchen war, wie sie war, war sie doch für jeden die erste Anlaufstelle für Klatsch und Tratsch. Wie würde es Trutchen wurmen, wenn sie wüsste, was über Irene, Bob, Beate und Olaf in ihrem Büchlein steht. Sanft streicht sie über den Einband und lächelt. Nie wird Trutchen dieses Buch in Händen halten.

Kapitel 7

Am nächsten Morgen wacht sie voller Panik auf. Ihr Albtraum führte ihr vor Augen, dass auch sie Gefahr laufen kann, dass ihr Mann sie betrügt. Weiß sie wirklich, was er tut, wenn er zur Arbeit fährt oder wenn er mit Kollegen noch ein Bier trinken geht? Immerhin war sie Mitte 30 und hatte zwei Kinder zur Welt gebracht. Sie war nicht mehr so jung und schön wie damals, als sie ihren Mann kennenlernte.

Verstohlen schleicht sie aus dem Ehebett und betrachtet sich im großen Spiegel im Bad. Sie war schon etwas aus der Form geraten. Seit der Geburt ihrer Tochter wollte sie nur Hausfrau und Mutter sein. Es war der Inhalt ihres Lebens. Nichts mehr mit gehenlassen, entschied sie.

Nachdem die Kinder auf dem Weg in die Schule und ihr Mann auf den Weg zur Arbeit waren, durchwühlt sie die Kisten im Keller mit aussortierter Kleidung. Irgendwo mussten sie doch sein. Im vierten Karton liegen sie, ihre alten Sportkleidungen. Ehrfürchtig hebt sie sie hoch und beachtet sie. Gut, vor 12 Jahren waren sie der letzte Schrei, aber jetzt? Sie schüttelt den Kopf.

Was soll´s? Sie wird schon keiner sehen, immerhin sind alle arbeiten.

Bevor sie es sich anders überlegen kann, fährt sie in das nächste Fitnessstudio. Es gibt zwar auch eine Laufgruppe im Dorf, an der sie teilnehmen könnte, aber 1. wäre diese erst am Sonntag und 2. sind hier nur die Frauen aus dem Dorf zum Tratschen unterwegs. Und sie wäre sicher das Gesprächsthema Nummer eins.

Nach einer kurzen Einweisung in die Geräte, entscheidet sie sich für das Laufband. Wenn sie regelmäßig trainiert, könnte sie sonntags mit den anderen laufen gehen, ohne sich zu blamieren. Sie entscheidet sich für eines der Laufbänder mit Blick nach draußen. Der Blick wird sie ablenken.

„Was machst denn du hier," wird sie aus den Gedanken gerissen. Es ist Olaf, der in knappen Radlerhosen und einem engen Shirt neben ihr auf das Laufband steigt. „Ich habe dich nicht für einen Fitnessmenschen gehalten."

„Bin ich auch nicht", gibt sie ehrlich zu und hofft, das Gespräch so zu beenden.

„Das freut mich. Ich mochte dich immer. Beate ist ein absoluter Fitnessfreak. Selbst im Urlaub kann sie nicht entspannen. Immer müssen wir einen Urlaub in einem Fitnesshotel buchen. Schon vor dem Frühstück muss die erste Fitnesseinheit absolviert werden."

Sie fragt sich, wie ein Leben mit so einer Frau wohl sein würde. Warum ging er nicht. Selbst nach dem Betrug blieb er bei ihr. Verstohlen betrachtete sie ihn von der Seite. Schon häufig hat sie gedacht, dass er wie ein Hund wirkt. Treu und ergeben, aber auch nicht besonders helle. Er wirkt, als würde er tun, was ihm gesagt würde, ohne weiter nachzufragen. Er steigert das Tempo auf seinem Laufband.

„Vielleicht sehen wir uns ja jetzt öfter hier," sagt er, „ich rede gern mit dir."

Reden? War das eine Unterhaltung, in der sie einfach schwieg und sich nicht traute die Fragen zu stellen, die ihre Neugier stillten?

„Vielleicht," gibt sie ausweichend zurück.

Kapitel 8

Am Morgen spült sie das Geschirr und sieht aus dem Fenster, dass Beulchen wieder zurück ist. Beulchen hatte sie den Sohn der Nachbarn kurz nach seinem 18ten Geburtstag getauft. Das lag gerade einmal ein halbes Jahr zurück. Das Fahrzeug von Beulchen war unübersehbar. Beulchen machte eine Ausbildung, bei der er immer 2 Wochen im Betrieb war und 2 Wochen zur Berufsschule in ein Internet fuhr. Bei jeder Rückkehr hatte er es geschafft, eine neue Macke an seinem Auto zu verursachen. Manche waren harmlos wie Kratzer oder Beulen, andere wichtiger, wie der Verlust eines Außenspiegels oder Rücklichts.

Was ihre Aufmerksamkeit jedoch mehr in den Bann zog, war die Tatsache, dass der Vater von Beulchen wohl für Beulchen den Parkplatz auf der Auffahrt freihalten wollte und daher an der Straße parkte. Das wäre an sich nicht schlimm, wenn er nicht in der Einfahrt eines weiteren Nachbarn mit dem Fahrzeug hineinragen würde. Zum ersten Mal seit sie hier wohnt, fragt sich die Hausfrau, ob die Nachbarschaft wirklich so nett und rücksichtsvoll ist, wie sie sich gerne bezeichnet.

Achselzuckend macht sie sich daran, eine Torte zu backen. Heute ist das jährliche Sommerfest der Straße. Ihre Torten waren stets eines der Highlights des Festes.

Als sie die letzten Handgriffe an die Deko legte, sah sie, wie die Nachbarn, bewaffnet mit Tupperdosen, Richtung Festwiese strebten. Eine große Wiese wurde mit Tischen und Stühlen eingedeckt und Bernd (der seinen Spitznamen von dem Lied „ich bin der Bernd und steh am Grill" hat) grillt für die ganze Nachbarschaft. Für Salate, Brote, Nachtische, Stühle, Tische etc. ist der Rest der Nachbarschaft verantwortlich. Alle sind eingeladen und alle kommen.

Alle? Nein, ein kleines Haus am Ende der Straße blieb für sich. Wie viele Personen dort tatsächlich lebten wusste niemand. Stetig gingen dort Menschen ein und aus. In der Nacht standen immer zwei Autos in der Einfahrt. Mehr wusste man nicht. Zurückgegrüßt wurde nicht, wenn man klingelte, wurde nicht geöffnet. Nach und nach ließen die Bemühungen der

Nachbarn, Kontakte aufzubauen, daher nach.

Aber alle anderen waren gekommen. Da es nicht weit weg von zuhause war, konnte man am Abend die Kinder in ihre Betten stecken und danach zur weiteren Feier zurückkehren. Häufig gingen die Feste bis die frühen Morgenstunden. Dieses Jahr sollte keine Ausnahme bilden.

Kapitel 9

„Je später der Abend, desto leerer die Flaschen", ist auch in diesem Jahr das unausgesprochene Motto des Sommerfestes.

Die Kinder sind in ihren Betten oder zumindest zu Hause, denken die Eltern. Wissen Eltern wirklich, was ihre Kinder tun, wenn sie auf dem Sommerfest feiern, bis der Morgen hereinbricht? Hierüber macht sich bis zu diesem Abend keiner von ihnen Gedanken.

Die Frauen stehen zusammen bei Sekt und Aperol, die Männer stehen bei Bier und Rum in Grüppchen zusammen. Während die Männer über das Alter und die Qualität eines Rums diskutieren, diskutieren die Frauen darüber, welches Motto das diesjährige Schulfest haben soll. Der eigens für diesen Abend verpflichtete Nachbar DJ dreht die Musik lauter und die ersten Frauen begeben sich auf die Tanzfläche. DJ heißt schon sein Leben lang DJ, obwohl dies nichts mit den Initialen seines Namens zu tun hat, sondern damit, dass er schon zu Schulzeiten mit seiner Stereoanlage und

Kassetten eine beachtliche Anzahl von Musikmixen für die damals noch harmlosen Partys zusammengestellt hat.

Bernd steht noch immer hinter dem Grill und wippt zur Musik im Takt. Seine Grillzange gibt er nicht aus der Hand. Irgendwann wird er sicher mit ihr begraben, denkt die Hausfrau und schämt sich gleich für den Gedanken, an den Tod eines Nachbarn gedacht zu haben. Sie hofft, dass es kein Unglück bringt.

Die betrogene Irene scheint es wie immer, mit dem Alkohol zu übertreiben. Wobei bei ihr wohl jedes Glas Sekt übertrieben ist. Sie trinkt erst ihr zweites und kichert und gackert schon wie ein Teenager. Sie stellt ihr Glas auf einen der Tische und geht geradewegs zu der Männerrunde hinüber. Die betrogene Irene nimmt den betrogenen Olaf bei der Hand und zerrt ihn auf die Tanzfläche. Wobei zerren vielleicht das falsche Wort ist. Die Hausfrau hat ja schon oft gemerkt, dass Olaf einfach tut, was ihm gesagt wird. Er wusste nur nicht, dass er jetzt mit Irene tanzen zu wollen hatte.

Die Blicke der Frauen heften sich nun auf die Tanzfläche. Während sie an ihren

Getränken nippen, wippen die Köpfe zur Musik. Einer nach der anderen bleibt der Mund offenstehen. Die Hausfrau glaubt ihren Augen nicht zu trauen. Sie selbst hatte doch beobachtet und gehört, dass Beate und Bob die mit der lockeren Moral sind.

Irene gibt alles, was man sich von einer Dame auf einem Junggesellinnenabend vorstellt. Lasziv tanzt sie an Olaf heran und um ihn herum. Sie presst sich an ihn, geht vor ihm auf die Knie und räkelt sich an ihm nach oben. Sie geht erneut um ihn herum und lässt ihre Hände von hinten über seine Brust wandern bis zum Hosenbund. Die Augen der Zuschauer weiten sich. Olaf hingegen bewegt sich stoisch im Rhythmus zur Musik von einem Fuß auf den anderen. Er starrt einfach vor sich hin, als würde ihn dies alles nichts angehen.

Kapitel 10

Als die Männer zu johlen beginnen, reicht es Prüde. Beherzt greift sie den Arm ihres Ehemannes und strebt Richtung Pforte. Ihr Ehemann lässt sich mitziehen. Immerhin kennt er Prüde schon sehr lange. Er hat sie schließlich trotz oder teilweise sogar wegen ihrer Besonderheiten geheiratet.

Schon während der Schulzeit war sie prüde und zugeknöpft. Letzteres im wahrsten Sinne des Wortes. Es konnte 40 Grad im Schatten haben, die anderen Mädchen trugen kurze Röcke und Spaghettitops, Prüde hingegen trug eine Bluse mit langen Ärmeln und gestärktem Kragen, der bis oben hin zugeknöpft war. Dazu trug sie entweder einen langen Rock oder eine unförmige Hose, die nichts über die Beine darin verraten hätten. Selbst zum Sport verstand Prüde es, Kleidung zu tragen, die ihren Körper und ihre Kurven verbarg. Ihr Ehemann wusste, dass es nichts Negatives zu verbergen gab, ganz im Gegenteil, dennoch akzeptierte er, dass sie war, wie sie war. Keiner wusste, wieviel Spaß sie im Schlafzimmer hatten und das war ihm recht.

Irene presst ihr Hinterteil gegen die Lenden von Olaf, der noch immer keine Anstalten macht, ihre Anbiederung zu erwidern oder zu unterbinden. Die senkt den Oberkörper hinab zum Boden und wackelt mit dem Hintern.

Es ist eine absolut skurrile Szene. Irene, die wirklich nach Kräften bemüht ist, eine Show abzuziehen und Olaf, der stoisch im Takt der Musik sein Gewicht von seinem linken auf den rechten Fuß verlagert und zurück. Seine Arme hängen an seinem Körper herab. Es wirkt, als hätte man zwei Szenen eines Filmes zusammengeschnitten oder eine Filmrolle doppelt belichtet. Keine Regung des Körpers oder des Gesichts verrät, was in Olaf vorgeht. Er wirkt völlig unbeteiligt an der Szene und irgendwo weit weg an einem anderen Ort. Die Nachbarn stellen sich die offensichtlichen Fragen: Gefällt ihm die Show? Ist es ihm unangenehm? Was möchte Irene mit dieser Show vor allen Nachbarn bezwecken?

Das Lied ist zu Ende und Irene verlässt die Tanzfläche. Alle Nachbarn schauen sie an, in der Hoffnung, dass gleich das Geheimnis dieser Show enthüllt werden wird. Irene greift sich ihr Sektglas und leert den Rest in einem Zug. Olaf „tanzt" unbeirrt weiter. Die Spannung der anderen Nachbarn ist fast greifbar. Es scheint, als würden alle den Atem anhalten.

Ein spitzer Schrei reißt alle aus ihrer Erstarrung.

Kapitel 11

Alle Nachbarn eilen in die Richtung, aus der sie den Schrei gehört zu haben glauben. Selbst Bernd lässt die Wurst auf dem Grill Wurst sein. Die ersten Nachbarn können die Silhouette von Prüde erahnen. Sie steht vor einer der Bänke im Dorf. Diese steht auf halben Weg zwischen dem Haus von Prüdes Familie und der Festwiese. Da die Straßenlaterne neben der Bank ausgefallen ist, liegt die Bank fast im Dunklen. Nur der Vollmond und die Sterne bringen ein wenig Licht in die nächtliche Dunkelheit. Obwohl dieses Sternenzelt eine romantische Stimmung erzeugt, begründet der markerschütternde Schrei von Prüde, den alle Nachbarn auf dem Sommerfest gehört haben, eine unheimliche Atmosphäre.

Je dichter die Gruppe der Nachbarn kommen, desto klarer wird das Bild von Prüde und ihrem Ehemann. Sie stehen so, dass die Nachbarn nicht an ihnen vorbeisehen können. Was den Schrei von Prüde ausgelöst hat muss auf dieser Bank sein. Die ersten Nachbarn können Prüdes Schimpftirade hören. Es kann also nichts allzu Schlimmes sein. Das Erste, was alle

31

Nachbarn verstehen können ist: „Sodom und Gomorra".

Während Prüde noch weiter schimpft, bietet sich den restlichen Nachbarn eine Szene, bei der jeder nicht sicher ist, ob er lachen oder weinen soll. Sie alle waren der Meinung, es sei etwas ganz Furchtbares passiert, jetzt jedoch sehen sie auf Beulchen, der mit heruntergelassener Hose ohne T-Shirt auf der Bank sitzt. Neben ihm die 17-jährige Tochter von Prüde. Sie trägt einen Minirock und hält sich mit beiden Händen die Bluse vor der Brust zusammen. Während das arme Mädchen beschämt zu Boden sieht, lehnt sich Beulchen cool auf der Bank zurück. Ihn scheinen die Schimpftiraden von Prüde nicht im Geringsten zu stören.

„Da sind sie ja," schimpft Prüde weiter, „die Eltern des völlig verdorbenen Jungen, der meine Tochter beschmutzen wollte."

Herr Sodom und Frau Gomorra, denkt die Hausfrau, so werden sie in ihrem Tagebuch heißen. Die Angesprochenen treten vor und versuchen Prüde zu beschwichtigen. Herr Sodom fordert seinen Sohn auf, sich endlich zu bekleiden. Prüde greift ihre Tochter fest am Arm und zerrt sie vor aller Augen nach Hause. Das arme Mädchen, denkt die Hausfrau. Da die skurrile Szene sich aufgelöst hat, kehren die Nachbarn zu ihrer Feier zurück. Bernd entfernt die verkohlten Würstchen vom Grill, DJ legt wieder Musik auf und die Nachbarn reden und tratschen über Prüde und die Jugend. Der eine oder andere Mann gibt eine Geschichte aus seiner Jugend zum Besten. Ob die Geschichten über die Eroberungen wahr oder reine Erfindung sind, interessiert an diesem Abend niemanden.

Irene und ihre Show scheinen vorerst vergessen worden zu sein.

Kapitel 12

Während ihr Mann noch in Sauer liegt, wie man es hier so sagt, und ihre Kinder das Ausschlafen am Wochenende genießen, deckt sie den Tisch für ihre Familie. Die frisch gebackenen Brötchen legt sie in den eigens dafür genähten und mit Aufschrift versehenen Brötchenbüddel. Nach einer Tasse Kaffee macht sie sich auf den Weg zur Festwiese. Irgendwer muss das Chaos ja schließlich aufräumen.

Unter dem lauten theatralischen Monolog von Trutchen, die eine Geschichte zum Besten gab, die sich nur im Ansatz am Vorabend zugetragen hatte. Sie erzählte allen, die es wissen oder nicht wissen wollten, dass man gestern Abend ein junges Pärchen in flagranti erwischt habe. Beide wären so in Ekstase gewesen, dass sie zunächst gar nicht bemerkt hätten, dass sie ertappt worden waren. Das junge Mädchen sei nun auch noch schwanger. Die Hausfrau schüttelt schmunzelnd den Kopf. Wer gestern dabei war und jetzt nicht merkte, wie gerne Trutchen Geschichten ausschmückte, dem war auch einfach nicht mehr zu helfen.

Erst jetzt fällt der Hausfrau auf, dass Prüde nicht hier ist. Sie ist immer eine der ersten Nachbarn am Morgen nach einer Feier, die hilft, aufzuräumen. Heute ist von Prüde keine Spur. Ist ihr die Angelegenheit so unangenehm? Die beiden sind immerhin schon in dem Alter, wo man das andere Geschlecht interessant findet und erforscht. Die Hausfrau nimmt sich vor, später bei Prüde zu klingeln und nach ihrem Befinden zu fragen.

Sie räumt weiter die schon gespülten Gläser in die Aufbewahrungskartons zurück. Neben ihr legen die jungen Nachbarn die Tischdecken zusammen. Als es daran geht, die Bierzeltgarnituren zusammenzuklappen, kommt Mobbelchen zur Hilfe. Mobbelchen nennt die Hausfrau liebevoll einen ihrer Nachbarn, der schon lange eine dicke Kugel vor sich herträgt. Wäre er eine Frau, hätte jeder gedacht, dass er schwanger wäre. Schon seit seinem Einzug war er so. Es änderte sich nichts. Er nahm weder zu noch ab und schien sich wohl in seiner Haut zu fühlen.

„Ist alles okay bei Euch?" fragt Mobbelchen das jüngste Paar in der Nachbarschaft. Die beiden schauen ihn nur fragend an, so dass er fortfährt. „Nun ja, wir haben gesehen, dass ihr nun kleine Autos fahrt und vorher hattet ihr ja so einen großen Bus. Wir dachte nur, wenn ihr Probleme habt, dann können wir euch helfen.“

Die Hausfrau schüttelt belustigt den Kopf. Welch ein plumper Versuch, die Nachbarn auszufragen und das Ausfragen mit einer Hilfestellung zu verbergen. Erneut zweifelt die Hausfrau daran, wie hilfsbereit und liebenswürdig die Nachbarschaft tatsächlich ist. Ist es hier bisher nur nicht aufgefallen, hinter wie vielen nett gemeinten Fragen einfach nur Neugier oder sogar Missachtung stand?!

Die jungen Nachbarn lachten und sagten, dass sie den Bus doch noch immer hätten, er aber unpraktisch bei der Parkplatzsuche sei. Immerhin arbeiten sie beide in der Stadt und da sind die kleinen Autos einfach praktischer.

Kapitel 13

Erst am Montag schafft es die Hausfrau, ihren Besuch bei Prüde vorzunehmen. Als die Hausfrau am Nachmittag bei Prüde klingeln möchte, sieht sie einen Möbeltransporter in der Einfahrt stehen. Die Möbelpacker transportieren fleißig ein Möbelstück nach dem anderen in den Transporter. Keiner nimmt von ihr Notiz. Sie betritt das Haus. Alle Bilder sind von den Wänden genommen worden. Überall stehen Umzugskartons herum. Die Hausfrau findet Prüde in der Küche. Prüde hält eine Tasse Kaffee in der Hand und schaut verträumt aus dem Fenster. Die Hausfrau räuspert sich, um Prüde auf sich aufmerksam zu machen.

„Wir ziehen um," sagt Prüde, als würde das nicht schon durch den Umzugswagen vor der Tür deutlich. „Ich kann keinen Tag mehr hier sein, wo alle Nachbarn über uns tratschen und meine Tochter diesem Subjekt ausgesetzt ist, das keine Zurückhaltung gegenüber der weiblichen Unschuld zu kennen scheint."

Die Hausfrau geht auf Prüde zu und nimmt sie in den Arm. Auch wenn sie Prüdes

Reaktion überzogen findet, weiß sie doch, wie es ist, wenn man für seine Kinder nur das Beste möchte. Prüde beginnt zu schluchzen. Die Hausfrau hat keine Ahnung, wie lange sie schon so stehen, als sich ein Mann hinter ihnen räuspert. Einer der Möbelpacker steht betreten in der Tür.

„Wir wären dann soweit," sagt er. Prüde umarmt die Hausfrau noch einmal und geht ohne ein weiteres Wort. Die Hausfrau wünscht ihr alles Gute und hofft, dass sie einen Ort findet, an dem sie friedlich leben kann.

Auf dem Weg nach Hause sieht sie, wie bei Hempels eine Dixi-Toilette aufgestellt wird. Natürlich heißt der Nachbar nicht wirklich Hempel, aber es sieht hin und wieder einfach aus wie man sich als Kind eine Familie Hempels vorgestellt hat, bei denen wohl immer Chaos war. Schließlich hatte ihre Mutter oft genug gesagt: Hier sieht es aus wie bei Hempels unter´m Sofa. Aber was wollte Herr Hempel mit einer Dixi-Toilette? Noch dazu im Vorgarten? Herr Hempel dirigiert gerade den Abstellort, als sie direkt an seinem Vorgarten vorbeigeht. Er grüßt wie immer freundlich. Er scheint ihren fragenden Blick zu sehen, denn er ruft ihr über den Krach des Krahns zu: „Neues Badezimmer. Das alte Badezimmer muss raus und wir haben doch nur eins."

Die Hausfrau nickt und setzt ihren Weg fort. Wollte Familie Hempels jetzt wirklich während des gesamten Badezimmerumbaus nur diese Dixi-Toilette nutzen? Wo werden sie duschen? Und wieso stellen sie die Dixi-Toilette nicht hinter das Haus, so dass nicht jeder Nachbar sehen wird, wenn einer von ihnen dem natürlichsten Drang von allem nachgehen musste? Sie schüttelt lächelnd den Kopf und denkt: Seltsame Menschen gibt es eben überall.

Kapitel 14

Schon am Dienstag sieht die Hausfrau beim Abwasch einen neuen Möbelwagen vorfahren, dicht gefolgt von einem Opal Zafir Life. Der Opel parkt vor dem Haus, während der Möbelwagen in der Einfahrt parkt. Die hintere Tür des Opels öffnet sich und ein Kind im Alter von ca. 12 Jahren springt heraus. Die Hausfrau sieht, wie ein weiteres Kind heraushüpft, das nicht viel jünger ist. Als ein weiteres Kind herausspringt, werden auch die vorderen Türen geöffnet. Ein Mann steigt aus, den die Hausfrau auf vielleicht 40 Jahre schätzen würde. Die Frau sieht schon älter aus, aber das kann auch täuschen bei drei, nein vier Kindern. Die Frau steigt hinten in das Fahrzeug und es klettert ein kleiner Junge von vielleicht zwei Jahren heraus. Ihm folgt seine Mutter mit einem Säugling auf dem Arm. Vor Überraschung bleibt der Hausfrau der Mund offen stehen. Sechs Kinder scheinen die beiden Eltern zu haben. Das kann ja heiter werden.

Die Hausfrau beschließt Muffins zur Begrüßung zu backen. Bei Kindern sind Muffins sicher eine bessere Wahl als ein Kuchen. Schnell schickt sie eine Rundmail an die Nachbarinnen: Neue Nachbarn im Haus von Prüde. Treffen um 17:00. Bringe Muffins mit.

Jeder neue Nachbar wird mit kleinen Geschenken begrüßt. Das hat zum Einen den Vorteil, dass man gleich sehen konnte, wer eingezogen war, um Fremde in der Nachbarschaft zu erkennen, zum Anderen hat es den Vorteil, dass man sich gleich einen Eindruck von den neuen Nachbarn machen kann. Auch wenn man sich nicht nur auf den ersten Eindruck verlassen sollte, ist er meistens doch der richtige Eindruck.

Die neuen Nachbarn machen den Eindruck von Familie Flodder. Die Hausfrau will nicht so denken, aber es wirkt einfach so. Sie sind gerade ein paar Stunden da und schon liegen überall im Vorgarten Spielsachen herum. Gut, denkt die Hausfrau, die Kinder können drinnen auch noch nicht spielen, da noch nicht viel eingerichtet ist. Als die Haustür geöffnet wird, trifft alle gleichermaßen der Schlag, denn zunächst rührt sich keiner. Ein kleines vierjähriges Kind öffnet. Die blonden Haare sind lockig und stehen in alle Richtungen.

Hinter dem kleinen Kind sieht man ein Chaos aus Kleidung, Geschirr, Papieren ..

Der Mann, den die Hausfrau schon gesehen hat, erscheint im Türrahmen. Erst jetzt sieht sie, dass seine Haare strähnig über die Ohren hängen, sein Pullover ein Loch über dem Herzen hat und die Hose fleckig ist.

Die Nachbarinnen sagen ihr kleines Begrüßungssprüchlein auf und überreichen ihre Geschenke: Brot und Salz, Muffins, eine Aloe Vera, eine Schüssel mit kleinen Naschereien und einen Obstkorb. Normalerweise wird nun die Herrin des Hauses gerufen, um sich ebenfalls vorzustellen und sich zu bedanken. Doch nicht heute. Ein „Danke" bringt der Hausherr hervor und schließt die Tür.

Die Nachbarinnen sehen sich verdutzt an. „Was war denn das?" fragt eine, während die anderen Frauen ebenso ratlos sind.

„Lassen wir sie erst einmal ankommen," sagt die Hausfrau und hofft, dass der erste Eindruck trügt.

Kapitel 15

Zwei Wochen trainiert sie nun schon dreimal pro Woche im Fitnessstudio. Ihre Kondition wird immer besser. Wenn sie so weitermacht, kann sie in 2 Monaten mit den anderen Nachbarinnen laufen gehen. Die passende Kleidung hat sie sich gestern gekauft. Witzig, wie anders mal sich gleich fühlt, wenn man sich dem Anlass entsprechend angezogen hat. Sie hat sich den I-Pod ihrer Tochter geliehen, so dass sie nun im Takt der Musik laufen kann, von der sie vorher nicht einmal gehört hat. Die Musik erleichtert ihr das Laufen.

„Hallo," reißt Olaf sie aus ihren Gedanken. Mist, jetzt hatte sie es zwei Wochen geschafft, ihn hier nicht zu treffen und hat sich schon in Sicherheit gewogen. Es ist ja nicht, dass sie ihn nicht mag, er ist ja wirklich nett, aber sie möchte heimlich und alleine trainieren. Diese Zeit im Fitnessstudio gehörte in den letzten zwei Wochen nur ihr. Hier war sie nicht Ehefrau, nicht Mutter, nicht Hausfrau, hier war sie einfach sie selbst. Sie konnte ihren Gedanken nachgehen und das Alleinsein genießen. Das ist nun vorbei.

„Hallo," gibt sie trotzdem freundlich zurück. Ihre Erziehung verbot es ihr, unhöflich zu sein, daher nimmt sie auch die Ohrhörer aus den Ohren und hängt sie zu dem I-Pod auf die Ablage.

„Bist du jetzt öfter hier?" fragt Olaf sie.

„Gelegentlich," gibt sie ausweichend zurück. Sie möchte keine Verabredung zum Sport. Sie ist nur hier, um mit den Nachbarinnen mithalten zu können und etwas attraktiver für ihren eigenen Ehemann zu sein.

„Ich komme immer nach Lust und Laune," fährt Olaf unbeirrt fort. Olaf scheint ihre Ausweichtaktik nicht zu bemerken. Die Hausfrau denkt an die Szene auf dem Sommerfest. Auch da schien Olaf in seiner eigenen Welt weit weg von allen anderen Menschen zu sein. Wie gerne würde die Hausfrau Olaf auf den Vorfall ansprechen, doch auch das verbietet ihr ihre Erziehung.

Olaf plaudert weiter über Gott und die Welt. Hin und wieder sagt sie „aha" oder „mh". Das scheint ihm zu genügen, um weiterzuerzählen. Smalltalk war noch nie so richtig ihre Sache, aber sie hatte mit den

Jahren gelernt, dass dies zu den allgemeinen Umgangsformen gehört und man mit kleinen Zustimmungslauten viel erreichen kann.

„Ich glaube, Irene steht auf mich," sagt Olaf genauso beiläufig, wie andere Menschen über das Wetter reden. Die Hausfrau kommt aus dem Tritt und stolpert. Olaf fängt sie auf. Wie kann er so etwas so beiläufig erwähnen?

„Alles okay?" fragt Olaf.

„Ja, alles gut. Und? Stehst du auch auf sie?"

„Nein, ich stehe nicht auf derartige Frauen. Zwar könnte ich es so meiner Frau heimzahlen, aber es würde nicht gutmachen, was sie getan hat. Wenn ich es ihr je heimzahle, dann mit einer Frau, auf die ich wirklich stehe."

Die Hausfrau denkt über das nach, was seine Worte aussagen. Er würde seine Frau tatsächlich betrügen? Warum verlässt er sie dann nicht? Ist Auge um Auge wirklich eine Art, um mit so einer Geschichte umzugehen? Die Hausfrau ist froh, dass sie sich nicht mit solchen Gedanken herumschlagen muss.

Kapitel 16

„Eine schwierige Situation," gibt sie grübelnd zurück. Sie will Olaf weder ermutigen, seine Frau zu betrügen, noch möchte sie sich anmaßen, zu wissen, was richtig ist. Vermutlich geschehen täglich solche Dinge. Aber so unterschiedlich die Menschen und Situationen auch sind, so unterschiedlich ist auch die Art, wie die Menschen damit umgehen und die Hausfrau ist sich sicher: Jeder muss seine eigene Art finden und mit seiner Entscheidung leben.

„Ja," stimmt Olaf ihr zu. „Verlassen kann ich sie nicht. Wir haben schließlich Kinder."

Zum ersten Mal zeigt Olaf, dass er doch tiefere Gedanken hat. Nie zuvor hat Olaf jemanden in seine Gefühls- und Gedankenwelt Einblick gewährt. Zumindest nicht in den Jahren, in denen sie hier wohnt. Sie fühlt sich geehrt, dass er ihr derart vertraut. Es bringt sie aber auch in eine schwierige Lage, wenn er ihr noch mehr anvertrauen wird.

„Ich verstehe," sagt sie schlicht. Sie versteht seinen Gedankengang wirklich.

Aber ist es für die Kinder gut, in einer Ehe aufzuwachsen, wo sich die Eltern nicht mehr lieben? Wobei, das hat Olaf nicht gesagt. Sie schüttelt den Kopf und schimpft sich selber, dass es sie nichts angehen würde.

„Hast du vielleicht mal Lust, mit mir einen Kaffee trinken zu gehen," fragt Olaf, als sie vom Laufband heruntersteigt.

„Sicher, warum nicht," antwortet sie, obwohl die Alarmglocken in ihrem Kopf schrillen. Hat er nicht eben gesagt, er würde seine Frau nur mit einer Frau betrügen, auf die er wirklich steht? Nun sei mal nicht so eingebildet, schimpft sie sich selber aus. Olaf steht bestimmt nicht auf sie. Er ist nur froh, dass er jemanden zum Reden gefunden hat und in der Nachbarschaft hilft man sich, so viel man kann.

Während sie die Einkäufe aus dem Auto ausläd, hört sie die Nachbarskinder schreien. Es ist kein Schreien vor Angst, sondern ein ausgelassenes, wie Kinder es hin und wieder beim Toben von sich geben. Sie schaut hinüber zu dem Haus von Prüde und verdrängt die trüben Gedanken. Sie vermisst Prüde, auch wenn sie erst kurz weg ist, hatte sie Prüde immer gern um sich.

Was sie sieht, verschlägt ihr die Sprache. Im ersten Stock sieht sie 4 der 6 Kinder am Fenster stehen. Wobei nur 3 stehen. Ein Kind hängt mit dem Kopf nach unten aus dem Fenster. Welches Kind es ist, kann sie nicht beurteilen, noch kennt sie die Nachbarskinder zu wenig und sie alle sind vom Alter her dicht beieinander. Zwei seiner Geschwister halten das herabhängende Kind jeweils an einem Fuß fest. Das herabhängende Kind versucht mit den Händen an die Dachrinne zu gelangen. Die Hausfrau kann etwas Buntes in der Dachrinne entdecken. Gerade, als sie hinübergehen will, erscheint der Vater im Vorgarten.

„Habt ihr endlich den Ball?" hört se ihn rufen. Sie bleibt wie vom Donner gerührt stehen. Wie kann man als Vater so etwas dulden? Was, wenn eines der Kinder hinabfällt? Derartige Gedanken möchte sie nicht haben. Sie geht in ihr Haus und bereitet das Essen für die Familie vor.

Kapitel 17

Es ist früh an diesem Samstagmorgen. Der Hahn hat schon lange gekräht. Die Hausfrau hat die Hühner schon gefüttert und den Frühstückstisch gedeckt. Die Lichter und Sirenen der Feuerwehr, der Polizei und des Notarztes sind im ganzen Dorf zu hören. An diesem Samstagmorgen wird sich die Nachbarschaft verändern. Nichts wird mehr so sein wie früher.

Auch der letzte Nachbar muss die Sirenen gehört haben. Immer mehr Nachbarn strömen aus ihren Häusern. Ohne einen Zettel zu hinterlassen, verlässt auch die Hausfrau das Haus. Ihre Familie wird hören, wo sie ist. Sie folgt den anderen Nachbarn. Sie alle gehen Richtung Freibad, das sich unweit der Dorfstraße befindet. Sie kann die vielen Blaulichter schon von Weitem sehen.

Andere Nachbarinnen gesellen sich zu ihr. Alle fragen sich, was dieser Aufruhr zu bedeuten hat. Das Schwimmbad öffnet erst in einer Stunde seine Türen und das auch nur für zwei Rentnerinnen, die es sich zur Aufgabe gemacht haben, an jedem Tag, an dem das Freibad geöffnet hat, morgens eine Stunde schwimmen zu gehen. Vielleicht, denkt die Hausfrau, werde ich mich den beiden Frauen eines Tages anschließen.

Vor dem Eingang zum Freibad hat sich schon eine große Menschentraube gebildet. Selbst die Presse ist schon vor Ort. Trutchen kommt ihnen aufgeregt entgegen. „Eine Leiche," ruft sie, „sie haben eine Leiche gefunden." Ob das die Wahrheit ist? Immerhin handelt es sich hier um Trutchen, die gerne übertreibt.

Um den Eingang herum hat die Polizei bereits Absperrband gespannt, sodass sie in angemessenem Abstand zusehen können, wie tatsächlich ein Leichensack auf einer Bahre verladen wird. Wild reden alle Nachbarn durcheinander, wer es wohl gewesen ist. Es wird sich umgeschaut, wer da ist und wer fehlt. Über das Gerede der anderen versucht die Hausfrau zu hören, was die Reporterin in ihr Mikrophon spricht.

„Ein grausiger Fund, den der Bademeister …. Eine Leiche …. Ungeklärte Ursache." De Spekulationen der anderen sind so laut, dass sie es nicht verstehen kann.

Schließlich sieht sie ihren Mann mit den Kindern herankommen.

„Was ist passiert?" fragt ihr Mann.

„Genau weiß ich es nicht. Sie haben eine Leiche gefunden. Hier ist so viel los, dass man kaum sein eigenes Wort verstehen kann. Aber den Leichensack habe ich mit eigenen Augen gesehen."

Die Hausfrau schließt ihre Kinder in die Arme und ist froh, dass beide Kinder wohlauf sind. Wie schrecklich, eine Leiche im Schwimmbad in so einer ruhigen und netten Nachbarschaft. Wobei sie ja immer mehr feststellt, wo die Nettigkeiten nur vorgetäuscht werden. Ungeklärte Ursache hat die Reporterin gesagt. Sagen sie das nicht immer im Fernsehen, wenn es sich um Mord handelt? Was ist hier nur passiert? Und wer ist der oder die Tote?

Kapitel 18

Nachdem die Beamten das Schwimmbad verlassen haben und es keine weiteren Informationen zu erhalten gibt, zerstreut sich die Meute der Nachbarn. Auf dem Rückweg nach Hause erwartet die Hausfrau und die restlichen Nachbarn die nächste Überraschung. Irene hat entweder nichts von dem Aufruhr mitbekommen oder es interessiert sie nicht, denn sie steht in Hot Pants und Bikini auf der Auffahrt und wäscht ihr Auto. Wobei waschen vielleicht nicht das richtige Wort ist. Irene seift sich gleichermaßen wie ihr Fahrzeug ein. Sie räkelt sich unter dem Wasserschlauch. Es wirkt eher wie eine Szene aus einem billigen Porno aus als nach einem ernsthaften Versuch, das Fahrzeug zu waschen.

Die Hausfrau scheint nicht die Einzige zu sein, die die Aktion mit einem Kopfschütteln zur Kenntnis nimmt. Selbst ihr Mann schaut kein zweites Mal hin. Keiner der Nachbarn bleibt stehen und schaut sich die Show an. Liegt es daran, dass die Aktion eher nach Fremdschämen aussieht oder daran, dass die Nachbarn alle ihren Gedanken nachhängen. Noch weiß keiner, ob ein Nachbar gestorben ist und ob es ein Unfall war.

Am Nachmittag kommt Goldie auf eine Tasse Kaffee vorbei. Goldie heißt nicht Goldie, aber der Name passt, denn Goldie ist der Oldie der Nachbarschaft. Schon ihre Eltern haben hier gewohnt und nach einem kurzen Ausflug in die Großstadt hat es Goldie nach nur einem Jahr wieder zurück in die Vorstadt gezogen.

„Wie schrecklich," beginnt Goldie ohne Umschweife das Gespräch. „Einen Toten gab es hier noch nie. Nicht einmal einen normalen Todesfall. Selbst die älteren Nachbarn waren zuvor immer in einem Krankenhaus."

„Ja, wirklich schrecklich. Weißt du schon, wer es war?" fragt die Hausfrau hoffnungsvoll. Goldies´ Ehemann arbeitet im Rathaus und weiß über viel Bescheid, was die Behörden tun. Die Polizei ist auch eine Behörde, da kann es schon sein, dass Goldies´ Ehemann mehr weiß als alle anderen Nachbarn.

Doch Goldie schüttelt den Kopf. Selbst die Feuerwehr wisse nicht, wer es gewesen sei. Man habe den Leichnam im Wasser treibend gefunden. Da der Bademeister aber gleich in das Becken gesprungen sei, um erste Hilfe zu leisten, sei die Leiche schon im Leichensack gewesen, als die Feuerwehr eintrat. Nur ein Polizist aus der Vorstadt hätte die Leiche vorher gesehen und dieser sage kein Wort. Man wolle erst die Familie informieren, bevor man weitere Informationen herausgebe. „Aber," fügt Goldie hinzu, „wenn es ein natürlicher Tod gewesen wäre, wäre dann auch so ein Aufwand betrieben worden?"

Die Hausfrau zuckt mit den Achseln. Noch nie hatte sie so etwas erlebt. Sie kann daher nicht sagen, wie in einem solchen Fall verfahren wird.

„Aber nun zu einem anderen Thema," sagt Goldie im verschwörerischen Ton, „was stimmt mit Irene nicht? Midlifecrises? Minderwertigkeitskomplexe? Oder ist sie ernsthaft scharf auf Olaf?"

Die Hausfrau schmunzelt, nur Goldie schafft es so unverblümt über den Tratsch der Nachbarschaft zu reden.

Kapitel 19

Am Abend ist schon bekannt, dass es sich bei der Leiche aus dem Freibad um einen Mann handelt. Schnell werden die Nachbarn und ihr Gesundheitszustand abgeklärt und Beruhigung kehrt ein. Diese ist aber nur von kurzer Dauer. Wenn keiner der Nachbarn tot im Schwimmbad aufgefunden wurde, wer war es dann und was hatte ein Fremder in ihrem kleinen Dorffreibad verloren?

Je länger über die Umstände des Todes von der Polizei geschwiegen wird, desto mehr regt es zu Spekulationen an. Nicht nur Trutchen wartet mit den wildesten Theorien über den Toten und die Umstände auf, wie er zu Tode kam, auch andere Nachbarn gaben ihre Ideen zum Besten. Der Unterschied: Jeder machte klar, dass es nur seine Vermutung war, was geschehen sein könnte.

Ingrid meinte, dass es wohl ein Penner gewesen sein könnte, der betrunken auf der Suche nach einem warmen und ruhigen Plätzchen zum Schlafen das Schwimmbecken übersehen hätte und mangels der Fähigkeit zum Schwimmen, ertrunken sei.

Das scheue Rehlein, welches am dichtesten am Schwimmbar wohnt, sagte, sie hätte Geschrei in der Nacht gehört, sich aber zunächst nichts dabei gedacht. Immerhin war immer mal etwas los und sie wisse auch, dass die Jugendlichen sich gerne mal im Freibad trafen, um das eine oder andere alkoholische Getränk zu konsumieren. Das Rehlein hieß Rehlein, weil sie so war wie ein Reh. Sie blieb gerne für sich und hatte Angst, die Haustür zu öffnen oder an ihr Telefon zu gehen. Mit den Nachbarn sprach sie, aber auch nur, wenn sie sich zufällig trafen. Nie wäre sie von sich aus aus dem Haus gegangen, um einen Schwatz mit den Nachbarn zu halten. Sie war nicht immer so. Keiner weiß, was passiert ist. Eines Tages von heute auf morgen setzte sie ihren Mann vor die Tür. Er zog weg und alles was er sagen konnte war, dass sie seine Koffer gepackt hätte und die Schlösser ausgetauscht hat. Verstanden habe er das auch nicht, sah sich aber außerstande, mehr aus ihr herauszubekommen. So fand er sich damit ab und begann ein neues Leben. Von diesem Tag an wurde es stetig schlimmer mit dem Rehlein. Erst öffnete sie nur das kleine Fenster neben der Haustür, wenn es klingelte. Da es nur so groß wie ein Blatt Papier war, fühlte sie sich so sicher. Der Postbote durfte Pakete nur vor der Tür ablegen. Sie hatte Angst, er würde sie angreifen, sobald sie die Tür öffnete. Dass der Postbote bereits länger die Post in dieser Straße austrug, als sie hier wohnte, machte keinen Eindruck auf sie. Der Postbote nahm es mit einem Achselzucken zur Kenntnis. Komische Leute gab es überall. Wenig später ging sie nicht mehr an ihr Telefon, sondern ließ nur den Anrufbeantworter abnehmen. Sie meinte, eine Sekte würde sie anrufen und über das Telefon einer Gehirnwäsche unterziehen.

Die Nachbarn akzeptierten die Eigenheiten vom Rehlein und wussten, wenn es etwas zu sagen gibt, wird das Rehlein auf sie zukommen und nicht anders herum.

Kapitel 20

Von Lämmchen wurde die Theorie aufgeworfen, dass es sich um einen Wettkampfschwimmer handeln könnte, der unbeobachtet trainieren wollte, dann einen Herzinfarkt erlitt und nur noch tot geborgen werden konnte. Lämmchen machte seinem Namen dadurch Ehre, dass er wie ein kleines süßes Lämmchen treu dreinblickt und seiner Mutter folgte. Obwohl er bereits über 50 Jahre alt ist, wohnt er noch im Hotel-Mama. Zwar lässt er Mama den ganzen Haushalt erledigen und sich von ihr verwöhnen, aber er tut auch alles, was Mama ihm sagt. Wenn Mama sagt, er soll nackt um das Haus rennen, er würde es sicher tun.

Mini Mouse hingegen vermutet ein Verbrechen. Für sie steht fest, dass der Mann ermordet wurde. Wie genau, weiß sie nicht. Vielleicht erschossen, gibt sie zum Besten oder ertränkt. Dies liegt ihrer Meinung nach nahe, da der Tod in einem Freibad im Wasser eingetreten ist. Mini Mouse ist eine liebe Nachbarin, die trotz ihrer 42 Jahre weiterhin gerne Kleidung mit Disney Figuren trägt. Ihr Mann hingegen trägt Anzüge, wenn er zur Arbeit geht, eine graue Jogginghose mit weißem Shirt bei der Gartenarbeit und in seiner Freizeit Jeans und Poloshirt. Er glaubt ebenfalls, dass es ein Verbrechen gewesen sein muss. Auch wenn er sich nicht vorstellen kann, wer in ihrer Nachbarschaft dafür verantwortlich sein könnte, so gibt es seiner Meinung nach keine glaubhafte Theorie, wie der Mann allein im Freibad gestorben sein könnte.

Es gab so viele mögliche Vermutungen zum Tod des armen Mannes. Immerhin wurde am folgenden Morgen schon einmal bestätigt, dass es sich um den 45-jährigen Jörg Geschenhauer handelt, so ist schon einmal klar, dass keiner diesen Mann kennt. Es schließt auch die Möglichkeit aus, dass die Jugendlichen eine Party im Freibad gefeiert haben, wobei einer von ihnen betrunken in das Becken gefallen ist.

Die Hausfrau steht im Supermarkt an der Kasse, als ihr Handy den Signalton für eine neue Nachricht von sich gibt. Sie schaut nach und sieht eine neue Nachricht von Irene. Die Hausfrau hofft, dass es Neuigkeiten zu den Ermittlungen gibt, doch in der Nachricht steht schlicht: „Es regnet."

Was soll mir diese Aussage sagen? Soll es regnen. Ich stehe im Supermarkt, denkt sich die Hausfrau schulterzuckend. Es folgt eine zweite Nachricht: „Deine Wäsche hängt noch draußen." Mist, denkt die Hausfrau, das stimmt. Aber erstens kann ich da jetzt gar nichts tun und zweitens, wieso weiß Irene das? Wird auch die Hausfrau selbst in ihrem Garten beobachtet? Wissen die Nachbarn viel mehr über sie und ihre Familie, als sie selbst preiszugeben bereit ist? Egal, was es ist, die Wäsche muss erneut trocknen.

Kapitel 21

Es vergehen weitere Tage, in denen die Presse keine weiteren Informationen liefert. Noch immer laufen die Spekulationen auf Hochtouren. Das Leben in der Vorstadt hat sich bereits verändert. Wo früher ein reges Spielen der Kinder, war, sind jetzt keine Kinder mehr zu sehen. Nur die Kinder der Flodders sieht man noch auf der Straße spielen. Alle anderen Kinder werden von ihren Eltern mit den Autos zur Schule oder in den Kindergarten gefahren. Wo früher die Kinder zu ihren Freunden rannten und lachten, sieht man nun niemanden mehr. Jeder scheint seinen Nachbarn argwöhnisch zu betrachten. Zwar war der Tote kein Nachbar, doch falls es kein Unfall war, könnte ein Mörder unter ihnen leben. Jeder scheint sich die Frage zu stellen: Wie gut kenne ich meinen Nachbarn wirklich?

Dennoch steht heute die alljährliche Müllsammelaktion an. Jedes Jahr versammeln sich die Nachbarn, um gemeinsam die Umwelt von dem Müll zu befreien, der in der Natur nichts zu suchen hat. Auch in diesem Jahr sind alle Nachbarn am Sammelort. Keiner will sich nachsagen lassen, dass ihm die Umwelt nicht am Herzen liegt. Außerdem käme es einem Schuldeingeständnis gleich, oder? Bewaffnet mit Pickern oder Greifern und Müllsäcken macht sich die Gruppe auf den Weg. Trotz der Situation wird gelacht und getratscht. Doch man merkt, dass etwas in der Luft liegt.

In dem kleinen Waldstück, das an die Vorstadt grenzt, stößt die Gemeinde auf eine Art Wohnzimmer. Zwei Sofas wurden über Eck aufgestellt. Davor befindet sich eine Feuerstelle. Sogar ein kleiner Couchtisch wurde bereit gestellt. Diverse Bierflaschen zeugen von den Partys, die hier gefeiert wurden. Nach anfänglichem Ärgernis über die Tatsache, dass ganze Möbelstücke in dieses schöne Fleckchen Natur verbracht wurden, beginnen wilde Schuldzuweisungen, wessen Kinder hier dem Alkohol gefrönt haben. Während sich die Eltern streiten, kehrt Hubert zurück nach Hause, um einen Anhänger zu holen. Gemeinsam werden die Möbel auf den Anhänger gestapelt und Bauer Hubert bringt sie zum Recyclinghof.

Die anderen Nachbarn machen sich weiter an die Arbeit. Nach 6 Stunden ist die

Mülljagd vorbei und am Ausgangspunkt werden die Müllsäcke gewogen. Immerhin geht es auch darum, den Wettbewerb zu gewinnen. In jedem Jahr gibt es für denjenigen, der den meisten Müll gesammelt hat, eine Plakette für den Gartenzaun. Wenn man aufmerksam durch die Nachbarschaft geht, kann man die Plaketten der vergangenen Jahre an verschiedenen Gartenzäunen bewundern. Mit dem jeweiligen Jahr versehen, werden sie stolz präsentiert. Ob es darum geht, die Natur zu retten oder nur um das Ansehen in der Nachbarschaft, mag bei jedem Nachbarn neu beurteilt werden.

Kapitel 22

Es verbreitet sich wie ein Lauffeuer in der Nachbarschaft. Das Rehlein ist ausgezogen. Keiner hat es bemerkt. In einer Nacht- und Nebelaktion sind die Habseligkeiten verladen worden und wortlos ist sie verschwunden. Die Geschichte verbreitet sich so schnell, dass schon nach wenigen Stunden keiner mehr sagen kann, wer überhaupt der Ursprung war, Tatsache war aber, sie war weg. Wenn sie nicht eh schon so seltsam gewesen wäre, läge die Vermutung nahe, dass sie etwas mit dem Toten im Schwimmbad zu tun haben könnte. Wenige Tage später beobachtet die Hausfrau einen Möbelwagen, der suchend durch die Nachbarschaft fährt. Wieder neue Nachbarn, denkt sie. Ihre Gefühle sind gemischt. Einerseits freut sie sich über neue Bekanntschaften, andererseits sind gerade erst die Flodders eingezogen und man weiß nie, wie ein neuer Nachbar die Nachbarschaft verändert. Nicht jeder Nachbar fügt sich in die Nachbarschaft ein. Erneut schickt sie eine Rundnachricht an die Frauen der Nachbarschaft, um die neuen Nachbarn zu begrüßen.

Ein Paar Mitte 40 ist in das Haus vom Rehlein eingezogen. Sie haben keine Kinder oder zumindest ziehen keine mit ein. Alles andere wird sich später bestimmt ergeben. Man will ja nicht gleich am ersten Tag die neuen Nachbarn ausquetschen. Aber die Damen der Nachbarschaft werden nett begrüßt und hereingebeten. Die ersten Möbel, die bereits ihren Platz gefunden haben, zeugen von einer geschmackvollen Einrichtung. Die Frau ist Autorin, sodass die Hausfrau sie gleich in ihren Aufzeichnungen als Schreiberli tauft. Ihr Ehemann ist Verleger. Schreiberli sagt, dass es kitschig klingt, aber es ist nun einmal so. Und er sei auch nicht ihr Verleger, damit man sich nicht wegen der Arbeit in die Haare bekommt. Die Nachbarinnen nicken zustimmend. Die Hausfrau denkt, wie schrecklich es sein muss, wenn man nicht nur zusammenlebt, sondern auch immer zusammenarbeitet. Hat man sich dann abends beim gemeinsamen Essen noch etwas zu sagen? Wo doch der Partner immer dabei war. Oder spricht man dann nur über die Arbeit und hat nie Feierabend? Sie schüttelt innerlich den Kopf. Es gibt Paare, bei denen es funktioniert, wer weiß, worin das Geheimnis besteht.

Schreiberli macht auf jeden Fall einen netten Eindruck und so wird sie zum nächsten Buchclub am Samstag eingeladen. Der Buchclub ist eigentlich gar kein Buchclub und alle wissen es. Es ist ein Vorwand der Frauen, sich einmal im Monat zusammenzusetzen mit einem Glas Aperól und zu tratschen. Hin und wieder wird auch über ein Buch gesprochen, doch das ist eher zufällig, wenn eine von Ihnen gerade ein spannendes Buch gelesen hat.

Zuhause schaltet die Hausfrau das Radio ein, um beim Kochen etwas Unterhaltung zu haben. Die Nachrichten berichten, dass ein Mord bei dem Toten im Freibad derzeit nicht ausgeschlossen werden kann. Vor Schreck fällt ihr das Gemüsemesser aus der Hand.

Kapitel 23

Der Hausfrau läuft es kalt den Rücken hinunter, während das Messer klirrend auf die Fliesen der Küche trifft. Ein Mord? Hier in dieser netten Nachbarschaft? Natürlich gibt es auch mal Streit und Ärger, aber ein Mord? Unvorstellbar. Sie benötigt einen Moment, um sich wieder auf ihre Arbeit konzentrieren zu können. Das Messer kommt in den Geschirrspüler. Mit zittrigen Händen schneidet sie weiter Gemüse und versucht ihre Gedanken nur darauf zu konzentrieren. Sie hat eine ausgeprägte Phantasie und die darf um nichts auf der Welt jetzt hervortreten. Nie wieder würde sie ruhig schlafen können. Schließlich heißt es oft genug in den Medien, dass es der nette Nachbar von nebenan war. Der Mörder, der Perversling, der, dem es nie jemand zugetraut hätte.

Vor Schreck fährt sie zusammen, als ihr Handy mit einem Ping eine neue Nachricht ankündigt. Sie wischt sich die Hände an der Schürze ab und schaut nach, wer an diesem Schreck Schuld hat. Eine Nachricht von Olaf. Er fragt, wann sie Zeit hätte für einen Kaffee. Bei den ganzen Vorkommnissen hat sie die Einladung von

Olaf ganz vergessen. Gut, sie wollte die Sache auch vergessen, wenn sie ehrlich zu sich selbst ist. So musste sie sich nicht mit dem Gedanken auseinandersetzen, was dieser Kaffee bedeuten könnte. Sie dreht das Handy mehrere Male auf der Arbeitsplatte hin und her. Linksherum im Kreis, rechtsherum im Kreis, lässt sie es drehen. Nervös trommelt sie mit den Fingern auf der Arbeitsfläche neben dem Handy herum. Erst einmal fertigkochen. Vielleicht kommt die Antwort dann von ganz allein, denkt sie sich.

Immer wieder wandert ihr Blick zu dem Telefon, das nur eine Armlänge entfernt von ihr liegt. Es ist still und dennoch lässt es sie nicht los. Ihre Gedanken sind beherrscht von dieser kurzen Nachricht, die so viel und doch gleichzeitig nichts bedeuten kann. Soll sie ihrem Mann davon erzählen? Aber wovon genau? Wie kann eine einzige Kaffeeeinladung ihre Gedankenwelt derart durcheinanderbringen? Schenkt sie nicht Olaf jetzt schon zu viel Beachtung? Es ist immerhin nur eine Einladung zum Kaffee. Olaf ist ein netter Nachbar. Er ist ruhig und manchmal wirkt er einfach gestrickt. Er ist immer freundlich und hilfsbereit. Aber

Moment, sind es nicht genau diejenigen, denen man nicht über den Weg trauen sollte? Die Hausfrau ist völlig durch den Wind. Ihre Gedanken und Gefühle überschlagen sich. Sie verwechselt Zucker und Salz. Kann es wirklich sein, dass Olaf oder einer ihrer anderen Nachbarn dazu in der Lage ist, jemandem das Leben zu nehmen. Sie schaut aus dem Fenster und fragt sich, wo die Sorglosigkeit und das Vertrauen der Vorstadt geblieben sind?

Kapitel 24

Während die Hausfrau noch immer grübelt, plaudern ihre Kinder und ihr Mann munter beim Abendessen, als wäre nichts gewesen. Sie versucht, ihre düsteren Gedanken zu verdrängen und das Essen zu genießen. Wie viele von diesen gemeinsamen Essen wird es noch geben? Eines Tages werden die Kinder aus dem Haus sein und nicht mehr zum Essen zurückkommen. Jetzt ist aber gut, scheltet sie sich selber. So düstere Gedanken hat sie doch sonst nicht.

Beim Abwasch schaut sie zum Fenster hinaus. Sie kann in das Fenster gegenüber sehen. Da ist das Arbeitszimmer der Nachbarn. Immer sind die Gardinen zugezogen. Sie sind weiß und lassen sicher Licht hindurch, aber wäre es zum Arbeiten nicht besser, wenn man die Gardinen öffnen würde? Noch während sie darüber nachdenkt, werden die Gardinen geöffnet. Specki öffnet das Fenster und das oben ohne. Zum Leidwesen der Nachbarin trägt der Nachbar seinen Spitznamen nicht ohne Grund. Er steht oben ohne am Fenster zur Straße und starrt hinaus. Die Hausfrau kann nicht anders als selber hinzusehen. Es dauert, bis sie sich sammeln kann. Sie bricht den Abwasch ab und geht zu ihrer Familie in das große Wohnzimmer. Der Abwasch rennt ihr nicht weg, aber hoffentlich Specki.

Ihr Mann ist in die Zeitung vertieft, ihre Tochter in ihr Handy und ihr Sohn schaut in den Fernseher. Die Hausfrau schüttelt den Kopf. Zwar sind sie alle zusammen, doch jeder in seiner eigenen Welt. Die Sendung ihres Sohnes ist gerade zu Ende und die Nachrichten beginnen. Er greift zur Fernbedienung, doch sie bittet ihn, die wenigen Minuten zu warten, die der Kurzabriss der Nachrichten zu Beginn nur dauert. Er murmelt etwas in seinen noch lange nicht vorhandenen Bart, lässt das Programm aber eingeschaltet. Die Hausfrau setzt sich auf die Lehne des Sofas neben ihren Sohn. Gleich die zweite Meldung betrifft ihren beschaulichen Ort. Die Hausfrau hält den Atem an. Wird sie jetzt endlich erfahren, was passiert ist? Auch ihr Mann schaut von der Zeitung auf. Ihre Tochter legt das Handy zur Seite. Gebannt schauen alle zum Fernseher.

Es dauert eine gefühlte Ewigkeit, bis der Nachrichtensprecher verkündet, dass es sich um kein Gewaltverbrechen gehandelt hat. Der Mann, der verstorben ist, sei aus bisher ungeklärter Ursache in das Freibad eingebrochen. Die Polizei vermutet jedoch, dass er einen Platz zum Schlafen gesucht hat. Er hat einen Herzinfarkt erlitten und sei in das Becken gestürzt.

Die Hausfrau atmet erleichtert aus. Wie konnte sie nur denken, dass einer ihrer Nachbarn dazu fähig wäre, einen Menschen zu töten? Zum Glück hat sie ihre Gedanken niemandem mitgeteilt, so dass nur sie sich selbst für ihre Gedanken verurteilen kann. Sie geht zurück in die Küche und wäscht weiter ab.

Kapitel 25

Es ist so weit: bei bestem Sonnenschein wird die Hausfrau das erste Mal bei der Laufrunde der Frauen starten. Monatelang hat sie für diesen Tag trainiert. In ihren modischen Sportklamotten und dem nun einigermaßen trainierten Körper fühlt sie sich gut gerüstet für den Lauf. Sogar an eine Tasche für den Arm hat sie gedacht, wo sie ihr Smartphone hineinstecken kann. Auf dem kurzen Weg zum Treffpunkt trifft sie bereits auf Irene. Sofort hat sie Olaf vor Augen. Noch hat sie ihm nicht geantwortet. Sie sollte bald eine Antwort auf seine Einladung finden. Je länger sie wartet, desto merkwürdiger wird die Situation. Sie nimmt sich vor, ihm nach dem Lauf zu antworten, auch wenn sie noch nicht weiß, was.

Am Treffpunkt sind schon alle versammelt und reden durcheinander. Die Unbeschwertheit und die fröhliche Atmosphäre liegt sicher auch daran, dass nun jeder weiß, dass kein Mörder unter ihnen wohnt. Wobei man sich da wohl nie so ganz sicher sein kann. „Dann los," ruft eine der Frauen und die Gruppe setzt sich in Bewegung. „Schön, dass du dabei bist," sagt Irene zur Hausfrau. Eigentlich möchte die Hausfrau nicht mit Irene reden. Alles an ihr erinnert sie an die Möglichkeit, dass auch ihr Mann sie eines Tages betrügen könnte und sie es erst viel später erfahren könnte. Aber die Hausfrau möchte auch nicht unhöflich sein, also führt sie ein bisschen Smalltalk. Es dauert auch nicht lange, da werden die anderen Frauen langsamer. Die Hausfrau ist verwirrt. Die Gruppe biegt ab in einen kleinen Weg, an dessen Ende sich ein Café befindet. Lachend und schwatzend gehen die Frauen hinein. Eine nach der anderen ordert Kuchen oder Torte mit Kaffee. Mit dem Bestellten geht es auf die Terrasse, wo bereits eine lange Tafel aufgebaut ist.

„Hat es dir keiner gesagt," fragt Trutchen die Hausfrau.

„Was gesagt?" fragt die verwirrt zurück.

„Niemand von uns geht ernsthaft laufen. Es ist nur eine Ausrede, um hier in Ruhe ohne unsere Männer ein paar Stunden verbringen zu können. Es gibt hausgemachte Kuchen und Torten. Sie sind wirklich zum Niederknien. So etwas

Leckeres habe ich außer bei dir noch nie gegessen."

Die Hausfrau freut sich über das Kompliment, ist aber von ihren Emotionen überwältigt. Wie lange geht es schon so, dass sie alle sich hier treffen und es ihr keiner gesagt hat? Sie hat sich abgemüht im Fitnessstudio, um mithalten zu können bei all den sportlichen Frauen und das alles war nur eine Lüge. All die Trainingseinheiten Woche für Woche waren umsonst. Wie viel weiß sie wirklich über ihre Nachbarn?

„Komm, ich lad dich zu deinem Einstand ein," sagt Frau Gomorra.

Kapitel 26

Sie sitzt am Küchentisch. Ihre Haare hat sie mit einem Handtuch zu einem Turban gebunden. Sie dreht ihr Smartphone auf dem Küchentisch vor sich hin und her. Sie muss Olaf antworten. Das hat sie sich selbst versprochen. Während sie das Smartphone mehrmals um die eigene Achse drehen lässt, klingelt es an der Wohnungstür. In Gedanken versunken, öffnet sie die Tür. Vor ihr steht Olaf. Automatisch greift sie zu dem Handtuch auf ihrem Kopf und ihr wird erst jetzt bewusst, wie sie aussieht. Graue Jogginghose, die ihre besten Tage schon hinter sich hat und ein T-Shirt von ihrem Mann, dass ihr mindestens zwei Nummern zu groß ist.

„Entschuldige, dass ich dich so überfalle," sagt Olaf, den ihr Aufzug nicht zu stören scheint, „aber ich dachte, du hast vielleicht Zeit für eine Tasse Kaffee."

„Natürlich," antwortet die Hausfrau total überrumpelt. Sie geht voraus in die Küche und deutet auf den Tresen, damit Olaf sich setzt. Sie drückt auf die Tasten am Kaffeevollautomaten, stellt Milch und

Zucker auf den Tisch und wartet, bis die zwei Tassen Kaffee durchgelaufen sind. Sie stellt eine Tasse vor Olaf ab und gießt in ihre einen großzügigen Schluck Milch. Sie weiß nicht, was sie sagen soll. Es ist ihr peinlich, dass sie Olaf nicht geantwortet hat, aber auch da wusste sie nicht, welche Worte sie wählen soll.

„Schön, dass es klappt," beginnt Olaf und es klingt aufrichtig. „Weißt du," fährt er fort, „es ist immer schön, sich mit dir im Studio zu unterhalten, aber es ist immer so, wie soll ich sagen, man ist ja doch eigentlich mit dem Sport beschäftigt und entweder man trainiert oder man redet. Beides geht dann nicht richtig." Die Hausfrau nickt nur. Sie versteht, was er meint, weiß aber nicht, worauf er hinaus möchte. „Weißt du, mit meiner Frau kann ich einfach nicht reden. Also nicht so wie mit dir. Sie will immer nur über Sport reden oder Sport treiben. Selbst unsere Urlaube müssen in einem Sportressort sein. Da steht sie um 7 Uhr morgens auf, um eine Trainingseinheit vor dem Frühstück einzulegen. Es muss immer alles ein Wettkampf sein. Mit dir kann ich auch einfach über das Wetter reden oder dich fragen, was es Neues gibt, ohne dass es ein Wettkampf sein muss." Die Hausfrau nickt wieder und nippt in Gedanken an ihrer Tasse. Sie hört, wie der Haustürschlüssel im Schloß umgedreht wird. Ihr Mann kommt nach Hause. Er begrüßt sie wie immer mit einem Kuss, dann reicht er Olaf die Hand und die Männer scherzen auf ihre Art. Olaf bedankt sich für den Kaffee und verabschiedet sich. Als er die Tür hinter sich zugezogen hat, schaut ihr Mann sie fragend an. Sie zuckt mit den Achseln und sagt: „Eheprobleme."

Kapitel 27

Ein perfekter Sonntag, sie sitzt in der Hollywoodschaukel und liest endlich einmal wieder in ihrem Buch. Ihr Mann neben ihr ist in die Sonntagszeitung vertieft und ihre Kinder sind mit ihren Freunden im Freibad. Einfach mal die Sonne genießen, bis ein Ruf die ganze Nachbarschaft aufschrecken wird. „Schaaaatz, wir können auch im Strandkorb frühstücken," hallt Irenes Stimme durch die Gärten. Ihrem Mann, der direkt neben ihr steht müssen die Ohren schmerzen. Am Liebsten würde die Hausfrau zurückrufen, dass schon alle Nachbarn wissen, dass Irene einen Strandkorb hat, doch das ist ihr schon zu albern. Sie lehnt sich zurück und schließt die Augen. In einer Woche wird sie mit ihrer Familie in ihr kleines Ferienhaus an der Ostsee fahren. Zwei Wochen Ruhe und keine Nachbarn. Das Haus ist ihr Geheimnis. Vor 5 Jahren erzählte ihr eine alte Schulkameradin, dass sie eines ihrer Ferienhäuser verkaufen wollte. Die Hausfrau und ihr Mann nahmen die Möglichkeit wahr und kauften es. Ihre Freundin gab ihr aber noch einen wichtigen Rat: sagt es nicht euren Freunden. Wenn sie es wissen, wollen sie es nutzen und es gibt immer Freunde, die es kostenlos nutzen wollen. Wenn ihr es nicht tut, seid ihr schlechte Freunde und wenn ihr es tut, werden sie immer wieder kommen. Es ist eine Zwickmühle, aus der man nicht wieder herauskommt. Behaltet es für euch und ihr werdet mehr Freude daran haben.

Und so hielten sie es bis heute. Keiner der Nachbarn oder Freunde wusste es. Wenn sie hinfuhren, sagten sie nur, dass sie an die Ostsee fuhren und keiner der Nachbarn fragte nach. Was war schon ein Urlaub an der Ostsee, wo andere in die Karibik oder auf die Malediven flogen? Aber die Hausfrau genoss es dort. Sie konnten zum Essen auf der Terrasse sitzen und das Meeresrauschen hören und das Meer riechen. Das Haus war umgeben von weißem Dünensand und grünem Dünengras. Sie kann die Wellen fast hören, während sie voller Vorfreude an das Haus denkt. Das Geräusch eines Rasenmähers reißt sie aus ihren Gedanken. Welcher Nachbar mäht an einem Sonntag Rasen? Sie setzt sich auf und folgt dem Blick ihres Mannes, der ebenfalls verärgert ist. Zwei Gärten weiter sehen sie die Witwe Bolte, wie sie ihre Bahnen mit dem Rasenmäher zieht. Es scheint sie nicht zu stören, dass immer mehr Nachbarn an ihren Gärten und Hecken auftauchen und sie verärgert ansehen. Doch wie immer in der Nachbarschaft wird es bei bösen Blicken und Gemeckere gegenüber anderen Nachbarn bleiben. Kein Nachbar wird hinübergehen und ihr sagen, sie soll das Rasenmähen an einem Sonntag unterlassen. Die Hausfrau setzt sich wieder in ihre Hollywoodschaukel und lässt sich von ihrem Buch an einen anderen Ort entführen.

Kapitel 28

Auch am nächsten Tag ist noch herrliches Wetter, daher nutzt die Hausfrau das Wetter und säubert die Rosenbeete zur Straße hin. Wie kann in so kurzer Zeit nur so viel Unkraut wachsen, fragt sie sich. Es ist nicht ihre Lieblingsbeschäftigung, aber sie freut sich jeden Tag, wenn sie nach Hause kommt und die Rosen blühen. Doch das wuchernde Unkraut trübt ihre Freude, daher muss es regelmäßig entfernt werden. Ihre Familie hat wenig Verständnis dafür und daher bleibt die Arbeit an ihr hängen. Häufig trifft sie während ihrer Arbeit auf Nachbarn, die für einen kurzen Plausch stehen bleiben. Heute jedoch ist es Beulchen, der für ihre Unterhaltung sorgt. Er parkt zwar bereits, doch steigt er nicht aus. Das Fenster auf der Fahrerseite ist heruntergelassen und er telefoniert. Ob der Empfang des Gesprächspartners schlecht ist oder derjenige taub ist, weiß die Hausfrau nicht, aber dank der Lautstärke ist es ihr möglich, die Geschichte zu hören, die Beulchen seinem Gesprächspartner erzählt.

„Ja, das musst du dir vorstellen, da bin ich extra mit dem Fahrrad zu der Party von

Diana gefahren und nicht mit dem Auto. Ich wusste ja, dass ich trinken werde. Also ganz vernünftig mit dem Fahrrad. Trotzdem halten mich die Bullen an. Aber nicht, weil ich besoffen bin, sondern weil mein Licht nicht geht. Die spinnen echt. Es ist mitten in der Nacht und stockdunkel. Ich werde schon sehen, wenn ein Auto kommt. Na auf jeden Fall sagt der eine Bulle dann zu mir, ich soll absteigen, weil das Licht nicht geht und schieben und was rutscht mir raus? Dann geht das Licht auch nicht. Lach nicht, obwohl witzig war es schon."

Die Hausfrau schmunzelt und fragt sich, wie viel Wahrheit an dieser Geschichte dran ist. Ist Beulchen wirklich so schlagfertig?

„Ja, und was machen die Bullen? Wollen mich mit auf die Wache nehmen. Sagt der, ich soll mein Fahrrad anschließen. Ich hatte aber gar kein Schloss dabei. Da will der, dass ich das einfach so abstelle. Aber nicht mit mir. Das Teil hat mich einen Tausender gekostet. Dann stelle ich es doch nicht einfach irgendwo ab. Da hatte der ein Einsehen und hat mich so gehen lassen."

Nach ein paar weiteren Floskeln legt Beulchen auf, schließt das Fenster und geht in das Haus seiner Eltern. Ja, ihre Lieblingsarbeit ist es nicht, denkt die Hausfrau, aber es gibt immer etwas Neues zu erfahren.

Kapitel 29

„Hast du schon gehört?" wird die Hausfrau beim Einkaufen von Irene angesprochen, „Die Eier der Hühner vom Hof von Hubert werden gestohlen. Wohl schon seit Tagen. Und immer wird das Hühnerhaus offengelassen. Bisher zum Glück nur am Tage. Nachts hätte sicher ein Marder die Chance auf ein Festmahl genutzt."

„Oh nein," gibt die Hausfrau zurück, „wer tut denn so etwas?"

„Das glaubst du nicht. Hubert hat sich auf die Lauer gelegt," fährt Irene fort. Die Hausfrau schmunzelt bei dem Gedanken, wie sich der rundliche ältere Hubert auf die Lauer legt, um die Eierdiebe zu fangen. „Gestern hat er sie erwischt, die beiden Diebe. Es waren die beiden ältesten Söhne von den Nachbarn, bei denen es so verwahrlost ist." Bei dem letzten Halbsatz dreht Irene sich um, ob jemand sie beobachtet. Dabei sagt sie nur, wie es ist und im Gegensatz zu vielen anderen nennt sie die Familie nicht Familie Flodder. „Er hat sie an den Ohren gepackt und zu ihren Eltern geschleift," lacht Irene, die sichtlich Freude an der Geschichte hat. „Die Jungs haben wohl Zeter und Mordio geschrien, aber er war erbarmungslos. Strafe muss sein, ist seine Devise." Die Hausfrau nickt. Wo er Recht hat, hat er Recht. Welche Kinder kommen auf die Idee bei einem Anderen die Eier zu stehlen, außer Max und Moritz. „Der Hammer kommt aber noch," fährt Irene fort, „als er mit den beiden Jungs bei ihrem Haus ankommt, sind die Eltern nicht zu Hause. Der Kleine, der schon laufen kann, macht die Tür auf und fragt, ob er drinnen warten möchte."

„Was?" rutscht es der Hausfrau überrascht heraus. Der Kleine mag vielleicht 3 Jahre alt sein. „Ja, unglaublich, oder? Ich meine, sie wohnen ja erst ein paar Wochen hier und ich glaube nicht, dass sie Hubert schon kennen. Außerdem war der Kleine alleine zu hause. Die beiden großen Kinder waren ja bei Hubert, um Eier zu holen. Hubert hat wohl gerade überlegt, wen er anrufen könnte, weil die Kinder ja nicht alleine sein dürfen, da sind die Eltern vorgefahren. Das Baby hatten sie dabei. Sie waren wohl nur kurz einkaufen und hätten dem Großen mit 12 Jahren die Aufsicht über seine Geschwister übertragen. Der Vater sagte nur, es seien eben Jungs und man solle keine große Geschichte daraus machen.

Es seien doch nur Eier. Hubert musste sich wohl richtig zusammenreißen, um nicht unhöflich zu werden."

„Und was hat Hubert jetzt vor?" fragt die Hausfrau besorgt. „Wenn die Eltern es so hinnehmen, werden die Jungs nie lernen, was richtig und falsch ist."

„Das stimmt. Hubert überlegt wohl, wie er jetzt das Hühnerhaus kindersicher macht. Er überlegt, das ganze Grundstück einzuzäunen, aber dann fühlt er sich selbst eingesperrt. Wir werden sehen, was er sich einfallen lässt. Dabei war es hier mal so eine nette Nachbarschaft." Die Hausfrau stimmt ihr nachdenklich zu.

Kapitel 30

Am nächsten Morgen entdeckt die Hausfrau Max und Moritz im Apfelbaum von Olaf und Beate sitzen. Die beiden Jungs müssten doch eigentlich in der Schule sein, denkt sie. Was ist da nur los? Sie hört die beiden Jungs lachen und kichern. Sie greift zum Hörer, um Beate anzurufen, da hört sie einen Schrei. So schnell sie kann, läuft sie zur Terrassentür und in den Garten. Am Ende sieht sie, was passiert ist. Max ist aus der Baumkrone gefallen und hält sich weinend den linken Arm. Der sieht unnatürlich abgeknickt aus. Da sie noch den Hörer des schnurrlosen Telefons in der Hand hält, wählt sie den Notruf. Sie springt über den Zaun und versucht, Max zu beruhigen. Moritz schickt sie los, um seine Eltern zu holen. Nach wenigen Minuten kommt er zurück, allein. Seine Eltern seien nicht da. Sie sagt, er soll bei Beate klingeln. Sie ist zu Hause, hat aber von dem Geschrei nichts gehört, sagt sie. Die Hausfrau erklärt ihr, was passiert ist und bittet sie, für die Eltern einen Zettel fertig zu machen. Sie wartet auf den Rettungswagen. Den Jungen will sie in dieser Situation nicht alleine lassen. Beate tut, wie ihr geheißen und wartet mit der Hausfrau. Sie muss noch wissen, in welches Krankenhaus der Junge gebracht wird, bevor sie den Zettel einwirft.

Das Blaulicht lockt auch andere Nachbarn aus ihren Häusern. Neugierig versammeln sie sich um den Rettungswagen und die Einfahrt zu dem Haus von Olaf und Beate. Gerade, als der Junge auf der Bahre liegt, kommt seine Mutter. Sie schlendert den Weg entlang, als wäre sie bei einem gemütlichen Sonntagsspaziergang. Sie trägt ausgewaschene Kleidung, die noch immer mit Flecken übersät ist. Ihre Hausschuhe sind mindestens zwei Nummern zu klein und die Zehen stehen vorne über. Die Haare fallen fettig aus dem notdürftig zusammengebundenen Pferdeschwanz. Wo war sie denn so um alles in der Welt, schießt es der Hausfrau durch den Kopf. In aller Seelenruhe bahnt sich Frau Flodder einen Weg durch die Nachbarn. Sie lässt sich von den Rettungskräften erklären, in welches Krankenhaus Max kommt, dann packt sie Moritz fest am Arm und zerrt ihn mit sich. Max muss allein im Rettungswagen ins Krankenhaus fahren. Völlig überrascht und traurig bleibt die Hausfrau zurück. Auch wenn Max ein Eierdieb ist, ist er doch ein Kind, das sich verletzt hat und nun bei seiner Mutter sein möchte. Ob sie das Jugendamt anrufen soll? Dort werden die ohnehin vom Krankenhaus angerufen. Da hört die Hausfrau, wie Trutchen in ihr Handy spricht und sie weiß, das Jugendamt wird schon informiert.

Kapitel 31

Der Schrecken saß bei den Nachbarn wohl tiefer als bei Familie Flodder, denn schon zwei Tage später rannten Max und Moritz mit dem kleinen Löckchen – der 3-jährige Sohn von Flodder mit seinen goldenen Locken – schreiend und kreischend die Straße auf und ab. Max hat einen Gips, der bereits buntbemalt ist. Max wird von Moritz mit einem Stock gejagt. Löckchen stolpert hintendrein. Die Hausfrau sieht, wie sie immer wieder die Straße hoch- und runterrennen, während sie das Mittagessen vorbereitet. Sie schüttelt nur mit dem Kopf. Es ist schön, dass Kinder noch spielen können, aber auch Aufsicht muss sein. Der Kleine sollte nicht mitten auf der Straße laufen. Auch wenn sie auf dem Dorf lebten und es keine Hauptstraße ist, gibt es hier genug Autofahrer und hin und wieder auch genügend, die meinen, die 30er Zone gelte nicht für sie. Sie sieht, wie Moritz versucht mit dem Holzstock nach Max zu schlagen. Dieser weicht zwar aus, aber knapp ist es dennoch. Zur Verteidigung reißt er seinen linken Arm hoch. Der Gips wird gerade eben verfehlt. Will der Junge denn gleich wieder in die

Notaufnahme? Wo stecken nur die Eltern der Kinder?

Die Hausfrau überlegt, ob sie mit ein paar Muffins zu Trutchen gehen soll. Sie möchte wissen, was das Jugendamt gesagt hat, doch Trutchen ist nicht unbedingt die verlässlichste Quelle. Sie erzählt zwar viel, aber der Wahrheitsgehalt ist nicht immer hoch. Sie überlegt, ob sie zu Familie Flodder gehen soll und denen einmal die Leviten lesen soll. Aber bringt das überhaupt etwas? Nach dem, was ihr Irene erzählt hat, scheinen die Eltern ihre Erziehungsaufgabe nicht wirklich ernst zu nehmen. Ihr Telefon klingelt und lenkt sie so von ihren Gedanken ab. Sie wischt sich die Hände an der Schürze ab, bevor sie abhebt.

„Mensch, was ist denn bei euch los?" beginnt Bärbel ohne Umschweife. Bärbel und sie sind zusammen zur Schule gegangen und waren damals gut befreundet. Wie das Leben aber so spielt, hatten sie sich aus den Augen verloren, als sie ihre Ausbildungen begonnen hatten. Beide waren in die Heimat zurückgekehrt und jetzt gehen ihre Töchter in die gleiche Klasse. So haben sie sich auf einem

Elternabend wiedergefunden. Hin und wieder telefonieren sie. Doch normalerweise rief Bärbel nachmittags an. Seit ihre Tochter in die Schule ging, hatte Bärbel wieder angefangen zu arbeiten. Je größer die Tochter, desto mehr Stunden Arbeit für Bärbel. Sie arbeitete aber nach wie vor nur vormittags, während ihre Tochter in der Schule war und jetzt musste sie noch auf der Arbeit sein. Da fiel es ihr wie Schuppen von den Augen. Bärbel arbeitet beim Jugendamt.

Kapitel 32

Das Lachen von Irene fährt der Hausfrau durch Mark und Bein. Es ist so schrill wie das Lachen einer Hyäne. Obwohl die Fenster geschlossen sind, übertönt das Lachen die Stimme von Bärbel. Die Hausfrau schaut aus dem Fenster. Irene steht am Ende des Weges zu ihrem Haus am Gehweg. Ihre Hand liegt auf dem Unterarm von Olaf. Sowohl die Ehefrau von Olaf als auch der Ehemann von Irene stehen auf dem Gehweg. Irene wirft den Kopf in den Nacken und lacht noch einmal auf.

„Hast du den Fernseher an?" fragt Beate und schreit beinahe in das Telefon.

„Nein," sagt die Hausfrau, „nur meine bescheuerte Nachbarin. Ich glaube, sie versucht zu flirten oder so."

„Es hörte sich eher so an, als wärst du im Zoo," gibt Beate zurück.

„Ja," seufzt die Hausfrau, „manchmal fühle ich mich auch so. Balz- und Revierverhalten wie bei den Tieren. Ich dachte, das hätte man als Erwachsener mit seinen Jugendsünden abgelegt."

„Ach," sagt Beate, „ist das die, die sich gerade benimmt als wäre sie 14 Jahre jung und frühreif?"

„Woher weißt du denn von der?" fragt die Hausfrau überrascht. Sie denkt an ihr Tagebuch in der Nachttischschublade. Sie hat es heute noch nicht in der Hand gehabt, aber sie ist sich sicher, dass es noch dort liegt. Keines ihrer Familienmitglieder würde ungefragt ihre Schubladen öffnen und selbst wenn, wie sollte das Buch dann zu Beate kommen.

„Meine Tochter," lacht Beate, „deine Tochter hat sich wohl über die Auto-Wasch-Aktion aufgeregt. Meinte etwas von fremdschämen und dass sie hofft, in dem Alter nicht so verzweifelt zu sein. Das hat mir meine Tochter dann brühwarm erzählt und meinte auch, sie möchte nie so werden. Ich musste lachen, weil ich dachte, wie wir in dem Alter waren. Wir wollten nie so werden wie andere Erwachsene und sieh uns jetzt an: Mann, Kinder, Haushalt, Vorstadt. So schlecht ist es dann doch nicht, oder?"

„Da hast du Recht!" gibt die Hausfrau zurück. Ein bisschen melancholisch wird sie aber doch, wenn sie an die Träume denkt, die sie mit 14/15 hatte, die nie in Erfüllung gegangen sind, aber ihr Leben, das sie jetzt hat, würde sie auch nie tauschen wollen. „Aber ich weiß auch nicht, wie ich durchdrehen würde, wenn mein Mann immer zur Nachbarin über den Gartenzaun steigt, wenn ich nicht zu Hause bin."

„Ach, das hat mir meine Tochter gar nicht erzählt. Wir müssen dringend mal wieder einen Kaffee zusammentrinken und das bei dir. Bei euch scheint ja so viel Spannendes los zu sein. Dagegen ist meine Nachbarschaft langweilig. Deswegen rufe ich ja auch an. Ich darf dir ja keine Einzelheiten erzählen, aber als hier der Name eures Ortes und eurer Straße aktenkundig wurde, musste ich reinsehen. Also, was ist da los bei Familie Flodder?" fragt Beate und die Hausfrau weiß, dass sie irgendwie einen Weg finden werden, damit die Hausfrau weiß, was das Jugendamt unternehmen wird ohne gegen das Gesetz zu verstoßen.

97

Kapitel 33

„Also," fährt Beate fort, „morgen Vormittag fährt ein Kollege in deine Nähe und ich soll quasi als Vertretung vor Ort bleiben, aber mich zunächst nur in der Nähe aufhalten. Hättest du Zeit für einen Kaffee? Dann würde ich bei dir warten, bis der Kollege entweder fertig ist oder er mich braucht?"

„Das klingt super," sagt die Hausfrau. Eigentlich wollte sie morgen ins Fitnessstudio. Auch, wenn sich der Lauftreff der Nachbarinnen nicht als Herausforderung herausgestellt hat, fühlt sie sich in ihrem Körper viel wohler als vor den Trainingseinheiten. Also hat sie beschlossen, zumindest zweimal wöchentlich ins Fitnessstudio zu gehen, aber wann kann sie sich ja aussuchen. Und den Wink mit dem Zaunpfahl hat sie auch verstanden.

Morgen wird also das Jugendamt bei Familie Flodder nach dem Rechten sehen. Die Hausfrau ist gespannt, was passieren wird. Schon vom Gehweg aus kann man das Chaos sehen. Nicht nur, dass der Rasen im Vorgarten noch nie gemäht wurde, auch die Büsche und Sträucher wachsen unkontrolliert und unschön. Überall liegt Spielzeug herum, teilweise schon so tief im Rasen verschwunden, dass die Kinder es wohl schon vergessen haben.

Hin und wieder steht die Haustür offen und man kann vom Gehweg einen Blick in das Innere des Hauses werfen. Im Flur liegen überall Kleidungsstücke und Schuhe verteilt. Wie man dort hindurchkommt, ist der Hausfrau ein Rätsel. Auch ihre Kinder waren chaotisch, gerade, als sie klein waren, aber sie hat die Kleidung dann immer weggeräumt. Immerhin muss ja jeder, der das Haus betritt, durch den Flur unbeschadet hindurch gelangen. Es graut der Hausfrau bei der Vorstellung, wie es wohl im restlichen Haus aussehen mag. Es schüttelt sie regelrecht, doch morgen wird dieser Zustand vielleicht bemerkt.

Vielleicht, schimpft sie mit sich selbst, vielleicht sieht es im restlichen Haus auch blitzblank aus. Wieso schließt sie vom Flur auf den Rest des Hauses. Sie will keine Vorurteile mehr haben. Wieso ist es nur schwer, sich von Vorurteilen freizumachen?

Sie wirft noch einen Blick Richtung Straße und Auffahrt der Nachbarn. Irene schmiegt sie noch immer an Olaf und man könnte meinen, dass diese Beiden frischverliebt wären und nicht zu dem jeweiligen anderen Partner gehören. Sie schüttelt den Kopf und versucht, sich kein Urteil zu bilden. Leben und leben lassen, denkt sie sich. Die Vier werden schon wissen, was sie tun. Sie sind erwachsen und es geht die Hausfrau nichts an, wie sie ihr Leben und ihre Beziehungen führen wollen.

Sie macht sich wieder an die Arbeit und ist dankbar für ihre Familie, die bisher ohne größere Skandale und Krisen das gemeinsame Leben gemeistert hat. Ein letzter Blick Richtung Straße und sie fängt einen Blick von Olaf auf. Ein Blick, der so viele Signale senden soll, die sie nicht versteht.

Kapitel 34

Zufrieden betrachtet die Hausfrau ihren Esstisch. Liebevoll hat sie ihn gedeckt und eine kleine Marzipantorte und einen kleinen Marmorkuchen, sowie ein paar Windbeutel gezaubert. Sicher hat sie mit dem Essen übertrieben, aber sie liebt es zu kochen und zu backen und so kann sich ihre Familie auch am Nachmittag noch über etwas Süßes freuen. Auch wenn ihr Mann wieder meckern würde, dass er zunehmen würde, würde er sich noch ein Stück mehr von der Torte nehmen. Sie schmunzelt bei dem Gedanken daran. Es ist immer dieselbe Leier und doch freut sie sich, dass es ihm so gut schmeckt.

Die Hausfrau hat sich für das Teeservice ihrer Großmutter entschieden. Viel zu selten gibt es einen Anlass, es zu benutzen. Es ist nicht nur von den Stücken an sich sehr filigran gearbeitet, auch das dezente und gleichzeitig umwerfende Rosendesign zeigen die Liebe und die Handwerkskunst, die die Herstellung ausgezeichnet hat. Es ist schlicht und schick zugleich. Aus Margeriten hat sie eine Girlande geflochten und zwischen den Tortenplatten drapiert. Wie gerne hatte sie für ihre Tochter Kränze aus den Margeriten geflochten, doch das ist lange her. Ihre Tochter war zu groß und zu cool für derartige Dinge.

Schon lange war Beate nicht mehr zu Besuch gewesen und die Hausfrau freut sich riesig auf diesen Besuch. Okay, sie ist auch sehr neugierig auf das, was Beate ihr vom Jugendamt zu erzählen hat, aber am Meisten freut sie sich darauf, Beate endlich einmal wieder zu sehen. Warum wartet man eigentlich immer auf einen bestimmten Anlass, um sich zu treffen. Viel zu selten sieht man seine Freunde. Jedesmal denkt man, dass man sich bald mal treffen sollte, aber es bleibt bei einem sollte. Morgen ist ja schließlich auch noch ein Tag. Nicht mit mir, denkt die Hausfrau. Sie beschließt, sobald Beate gegangen ist, ihr altes Adressbuch hervorzuholen und jeden ihre Freunde für einen Vor- oder Nachmittag einzuladen. Vielleicht auch ein paar zusammen. So kann es nicht weitergehen. Keine Ausreden mehr und kein Verschieben auf ein anderes Mal. Irgendwann wird es kein anderes Mal geben.

Es klingelt und die Hausfrau wird abrupt aus ihren Gedanken gerissen Sie wirft einen letzten Blick in den Spiegel im Flur, streicht sich eine störrische Haarsträhne hinter das Ohr und öffnet schwungvoll die Tür. Sie ist sich sicher, dass ihre Gesichtszüge unverzüglich entgleisen. Vor ihr steht nicht Beate, sondern Olaf mit einem Strauß Blumen in der Hand. Er strahlt bei ihrem Anblick über das ganze Gesicht.

Kapitel 35

Die Hausfrau ist unfähig, einen Gedanken zu fassen. Der Mund bleibt ihr vor Überraschung offenstehen. Mit beiden Händen hält er den Strauß fest. Der Strauß besteht aus 3 rosa Rosen, 1 cremefarbenen Santiniball, 2 hellrosa Nelken, 1 rosa Limonium, 1 cremefarbenen Trachelium, 1 rosa Bartnelke, 2 rosa Hypericum und 4 Pistochia. Der Strauß ist wunderschön, das steht außer Frage, aber warum steht Olaf hier vor ihrer Haustür mit einem derartigen Strauß? Hat sie ihm falsche Signale gesendet? Hat sie irgendetwas gesagt oder getan, was ihn glauben lassen könnte, sie hätte ein Interesse an ihm, das über eine Freundschaft hinausgeht? Unfähig, ein Wort herauszubringen, bleibt die Hausfrau stehen und starrt Olaf einfach nur an.

Sein Lächeln strahlt Freude aus. Nichts, was der Hausfrau einen Hinweis darauf geben könnte, was sie falsch gemacht hätte.

„Für dich," sagt Olaf überflüssigerweise. Die Hausfrau nimmt die ausgestreckten Blumen eher mechanisch entgegen. Es ist ein Reflex, so wie man jemandem „Gesundheit" wünscht, wenn er genießt hat. Als sie die Blumen in den Händen hält und ihren herrlichen Geruch mit der Nase aufnimmt, bereut sie die Reaktion. Sie sollte die Blumen nicht annehmen, das würde Olaf nur in seinen Bemühungen um sie bestärken.

„Holá, was ist denn hier los?" reißt Beate die Hausfrau aus ihrer Erstarrung. Sie spürt, wie die Röte ihre Wangen emporsteigt. Sie kann nichts dagegen tun, dabei hat sie nichts Verbotenes getan, oder?

„Nichts," sagt Olaf, „ich wollte mich nur bedanken für das hilfreiche Gespräche letztens. Einen schönen Tag die Damen," wünscht Olaf und geht, ohne sich noch einmal umzudrehen. Verdutzt und mit noch mehr Fragen bleibt die Hausfrau zurück.

„Die sind wirklich schön," fährt Beate fort, „das muss ja ein sehr hilfreiches Gespräch gewesen sein." Sie betont das „sehr" und „hilfreich" derart, dass die Hausfrau vermutet, Beate denkt, sie hätten nicht nur geredet.

„Ach, komm. Aus dem Alter sind wir doch raus," versucht die Hausfrau die Angelegenheit mit einem Witz abzuhaken.

„Für solche Blumen ist man nie zu alt und für die Dinge, die man normalerweise dafür tun muss, auch nicht," sagt Beate mit einem verschwörerischen Grinsen. Kopfschüttelnd geht die Hausfrau voraus zum Esstisch. Beate war noch nie ein Kind von Traurigkeit und immer geradeheraus. Seit ihr Mann sie und ihre Tochter verlassen hatte, hatte Beate immer mal wieder eine lockere Affäre, doch soweit die Hausfrau wusste, war nie etwas Ernstes dabei gewesen. Sie vermutet, dass Beates Herz noch immer an ihrem Ex-Mann hängt, doch den wahren Grund kennt nur Beate selbst.

Die Hausfrau stellt den Strauß in eine Vase und platziert ihn mittig auf dem Esstisch. Der Strauß ist wirklich wunderschön und kann nichts für die in ihr widerstreitenden Gedanken und Gefühle, warum sollen Beate und sie sich also nicht an ihm erfreuen.

Kapitel 36

„So," setzt Beate das Gespräch fort, nachdem sie sich ein großes Stück Marzipantorte auf ihren Teller geladen hat, „wer war der Mann? Und warum schenkt er dir so einen schönen Strauß Blumen?"

„Wirklich nur ein Nachbar," sagt die Hausfrau und ist sich nicht sicher, ob sie Beate oder sich beruhigen möchte. „Er hat Eheprobleme und hat sich letztens bei mir ausgeweint. Ich habe ihm zugehört und das hat wohl Eindruck hinterlassen. Seine Ehefrau hört ihm wohl nicht zu. Ich habe nicht einmal wirklich etwas gesagt. Er hat erzählt und ich habe einfach zugehört. Mehr war da nicht."

Beate schaut die Hausfrau lange prüfend an. Die Hausfrau versucht, ihre Unsicherheit zu verbergen. Für sie ist Olaf nur ein Nachbar. Ein netter Nachbar, aber eben nur ein Nachbar. Die Treffen im Fitnessstudio waren zufällig und sie hatte es nie darauf angelegt, besonders nett zu ihm zu sein. Sie ist zu allen Menschen nett. Ihre Mutter hatte immer schon gesagt, dass man immer nett zu anderen Menschen sein soll. Es war derart in ihrer Erziehung verankert, dass sie selbst, wenn sie böse sein wollte, es einfach nicht konnte. Aber was war sie für Olaf? Schenkte man einer Nachbarin einen derartigen Blumenstrauß nur dafür, dass sie ein offenes Ohr für ihn hatte und war der Besuch auf einen Kaffee bei ihr wirklich nur dafür da, dass sie ihm zuhörte? Was hätte er noch gesagt, wenn ihr Mann nicht nach Hause gekommen wäre? All diese Fragen beschäftigen die Hausfrau und dennoch möchte sie sie nicht aussprechen, denn wenn sie ihre Gedanken ausspricht, werden sie wahr. Dann muss sie sich jetzt und hier damit auseinandersetzen und momentan ist Verdrängung noch die beste Möglichkeit. Immerhin sind Olaf und sie Nachbarn und sie möchte um nichts in der Welt, dass es komisch zwischen ihnen wird. Zu viele Treffen auf Nachbarschaftstreffen, Feiern und Veranstaltungen würden dadurch schwierig und unangenehm.

„Na, wer versteht schon die Männer," sagt Beate schließlich und isst den ersten Bissen ihrer Torte. „Ich jedenfalls nicht," schiebt Beate hinterher und die Hausfrau ahnt, dass erneut eine Affäre ihr Ende gefunden hat. Sie wartet einen Moment, ob

Beate die Angelegenheit noch ausführt, doch Beate isst schweigend ihre Torte. Wenn sie soweit ist, wird sie es der Hausfrau schon erzählen.

„Also," sagt die Hausfrau schließlich, „wie läuft es auf der Arbeit so?" Ein Lächeln breitet sich auf dem Gesicht von Beate aus. Die Hausfrau hat dieses Lächeln schon in der Schule gesehen, immer wenn Beate etwas im Schilde führte, zeichnete sich dieses Lächeln auf ihrem Gesicht ab. Die Hausfrau wusste dann: Jetzt kommt etwas Lustiges, was stark an der Grenze zum Unerlaubten war.

Kapitel 37

„Also," beginnt Beate, während sie sich mit ihrer Kaffeetasse in den Händen zurücklehnt, „so wie es aussieht, können wir uns bald einmal die Woche treffen, wenn du Zeit und Lust hast." Sie lächelt dabei und die Hausfrau versteht den Wink.

„Das wäre sehr schön, auch wenn ich davon ausgehe, dass die Tage für dich dann nicht nur schön sein werden," gibt die Hausfrau zurück, um Beate aufzufordern, weiter zu erzählen.

„Du weißt ja, dass ich dir nichts über einen bestimmten Fall sagen darf, aber wusstest du, dass wir in der Abteilung jetzt auch für ständige Hausbesuche zuständig sind."

„Ständige Hausbesuche?" fragt die Hausfrau nach. Sie kennt zwar grob die Aufgabe des Jugendamtes, aber die Begriffe und genaue Ausgestaltung der Aufgaben, sind ihr nicht bekannt.

„Ja," beginnt Beate zu erklären, „es gibt Familien, da machen wir einen Besuch und gegebenenfalls auch noch einmal einen zweiten, dann gibt es eine Familie, wo gleich eine Familienhilfe eingerichtet wird, das heißt, die Familie bekommt eine Person an die Seite gestellt, die der Familie hilft, ihr Leben auf die Reihe zu bekommen. Das klappt aber nur, wenn die Familie an sich ihr Problem erkannt hat. Es gibt ja Menschen, die einfach nicht in der Lage sind, ihr Leben zu meistern. Die brauchen eine Person, die sie an die Hand nimmt und ihnen sagt, was sie tun und lassen sollen."

„Ich verstehe," sagt die Hausfrau und fragt sich, ob es für die Familien schlimm ist oder eine Erleichterung. Einerseits ist es sicher schön, wenn jemand einem die schwierigen Entscheidungen abnimmt und sich mit den Behörden auseinandersetzt, aber andererseits wird ihnen damit auch die Fähigkeit abgesprochen, ihr Leben wirklich selbstbestimmt zu leben. Die Hausfrau hofft, dass sie ihren Kindern so viel mitgeben kann, dass sie ein selbstbestimmtes Leben führen können. Eine kleine Stimme in ihrem Hinterkopf fragt sie, ob sie wirklich alles tut, um ihren Kindern ein solches Leben zu ermöglichen. Gibt es mehr Dinge, die sie tun muss? Aber welche sind das? Die Hausfrau unterdrückt die Stimme, auch wenn sie weiß, sie wird

111

nicht so schnell verstummen. Nun ist sie erst einmal neugierig auf das, was sich „ständiger Hausbesuch" nennt und was das mit ihren Nachbarn, Familie Flodder, zu tun hat.

Kapitel 38

„Ständige Hausbesuche," setzt Beate an, „heißt, dass wir eine Familie mindestens einmal die Woche aufsuchen müssen, um zu sehen, ob die Vorschläge, die wir machen, auch wirklich umgesetzt werden. Die Familie bekommt zwar ihr Leben an sich geregelt, aber die Erziehung ihrer Kinder nicht."

Die Hausfrau nickt. Sie versteht den Unterschied, ist sich aber nicht sicher, ob es sich so bei Familie Flodder verhält. Das Grundstück versinkt im Chaos. Die direkten Nachbarn sammeln mittlerweile wöchentlich Spielgeräte, Stöcke und Abfall in ihren Gärten zusammen, der von den Kindern über die Zäune geworfen wird.

„Und woher wisst ihr, was angemessen ist?" fragt die Hausfrau.

„Nun, manchmal erst nach dem ersten Besuch, aber manchmal kann man das schon anhand der Berichte der Personen, die anrufen einschätzen. Das ist häufig der Fall, wenn mehrere Personen wegen derselben Familie anrufen. Da kann man sich ein gutes Bild machen."

Die Hausfrau nickt erneut. Sie hat sich schon gewundert, warum sich keiner der anliegenden Nachbarn beschwert hat und dachte, dies liege daran, dass man den Frieden in der Nachbarschaft nicht zerstören möchte. Wer möchte schon als ewiger Nörgler der Nachbarschaft gelten?

„Dein Beruf klingt wirklich interessant," sagt die Hausfrau. Kurz denkt sie darüber nach, ob es falsch war, nicht wieder arbeiten zu gehen. Immerhin erlebt man während der Arbeitszeit auch viel. Ihr Blick wandert zu den Familienfotos an der Wand. Nein, nichts auf der Welt kann so spannend sein, wie sich um ihre eigene Familie zu kümmern und immer für ihre Kinder da zu sein.

„Ja, das stimmt. Aber man sieht auch viele Dinge, die man nicht sehen möchte. Kinder, die vernachlässigt werden oder schlimmer noch, misshandelt, brechen mir jedes Mal das Herz. Ich versuche mir immer zu sagen, dass ich etwas bewirken kann. Ich kann ihr Leben verändern. Es sind zwar nur kleine Dinge, die wir tun können und nicht alle Kollegen sind wirklich ambitioniert, aber jede Hilfe ist besser als gar keine."

„Das stimmt," sagt die Hausfrau. Sie wird traurig, wenn sie sich vorstellt, jeden Tag mit so etwas Schlimmen konfrontiert zu sein. Die Kinder von Familie Flodder tun ihr wirklich leid. Beide Eltern scheinen sich nicht wirklich für die Kinder zu interessieren. Die Frage ist nur, ob sie es nicht wollen oder nicht können. Versucht nicht jeder Elternteil sein Bestes für seine Kinder?

Beate schaut auf ihr Handy, dessen Licht wegen einer Nachricht angegangen ist. „Entschuldige meine Liebe," sagt Beate, „aber mein Kollege ist fertig und wir müssen zurück ins Büro. Nächste Woche um dieselbe Zeit?"

„Sehr gerne," sagt die Hausfrau. Nachdem sie Beate an der Haustür umarmt hat, schaut sie ihr noch einen Moment nach und denkt an ihre Kinder, für die sie nicht nur ihr letztes Hemd, sondern auch beide Hände geben würde.

Kapitel 39

Die Hausfrau schließt die Tür und lehnt sich von innen dagegen. Erneut meldet sich die kleine Stimme in ihrem Hinterkopf mit der Frage, ob sie eine gute Mutter ist. Da reißt sie das Klingeln der Haustür aus ihren Gedanken. Schwungvoll reißt sie die Tür auf und sagt: „Hast du etwas ver...?" Weiter kommt sie nicht, denn vor ihr steht nicht Beate, sondern Frau Flodder, die ganz und gar nicht nach einem netten Nachbarschaftsbesuch aussieht.

„Sie waren das," keift Frau Flodder los.

„Ich war was?" fragt die Hausfrau ratlos. Sie hat keinerlei Anhaltspunkte dafür, dass sie etwas getan haben könnte, sodass Frau Flodder sauer auf sie sein könnte, außer der Tatsache, dass die Hausfrau die Familie in ihrem kleinen geheimen Buch auf Familie Flodder getauft hat.

„Sie haben uns das Jugendamt auf den Hals gehetzt," zetert Frau Flodder weiter. „Ich habe genau gesehen, wie eine der Mitarbeiterinnen in ihr Haus gegangen ist und dann mit dem Mitarbeiter, der bei uns war, davongefahren ist. „Was bilden Sie sich eigentlich ein. Nur weil Sie zwei brave liebe Kinder und Geld haben, denken Sie, Sie können sich ein Bild über mich und meine Familie machen? Meinen Kindern geht es gut und ich lasse mir da von niemandem reinreden."

In diesem Moment laufen drei der Kinder hinter ihrer Mutter die Straße entlang. Max hält noch immer seinen in Gips verpackten Arm in die Höhe und unter dem linken Auge von Moritz bildet sich ein tiefblauer Bluterguss. Frau Flodder nimmt trotz des Geschreis, das ihre Kinder von sich geben keinerlei Notiz von ihnen, sondern schreit weiter herum, dass die Hausfrau schon noch ihr blaues Wunder erleben wird. Mir ihr und ihrer Familie könne man so etwas nicht machen. Sie gibt der Hausfrau keine Chance, sich zu verteidigen oder einzuwerfen, dass sie es war, die sich um Max und den Notarzt gekümmert hat, als die Mutter ihre Kinder unbeaufsichtigt gelassen hat. Es hat keinen Zweck, Frau Flodder läßt sich einfach nicht beruhigen und auch nicht davon abbringen, dass die Hausfrau die Böse war, obwohl die Hausfrau keinen Anruf beim Jugendamt getätigt hat. Nach diesem Auftritt ist sie

117

sich aber sicher, dass ein Anruf richtig gewesen ist.

Schon als Kind hatte die Hausfrau gelernt, dass derjenige, der herumschreit und keinen anderen zu Wort kommen lässt, nicht unbedingt Recht hat, sondern Recht haben möchte und daher keine anderen Argumente hören will. Meckernd und zeternd macht Frau Flodder sich auf den Weg nach Hause, während ihre Kinder in die andere Richtung rennen.

Kapitel 40

Die Hausfrau setzt sich an den Küchentisch. Ihre Hände zittern leicht. Sie faltet sie ineinander, um sie am Zittern zu hindern, doch es bringt nichts. Die Tränen, die in ihren Augen aufsteigen, kann sie hinunterschlucken. Sie hat nichts falsch gemacht und dennoch fühlt sie sich so. Sie versucht, die Wut, die in ihr hochkocht zu unterdrücken, doch es gelingt ihr nicht. Sie weiß nicht einmal, warum sie überhaupt wütend ist. Einerseits, weil sie sich nicht gegen Frau Flodder durchsetzen konnte und andererseits, weil sie zu Unrecht beschuldigt wurde. Doch ist das alles oder ist sie gerade einfach auf alles und jeden wütend, der sie je in eine solche Situation gebracht hat?

Schon als Jugendliche war sie nicht schlagfertig und konnte nicht angemessen reagieren, wenn sie jemand verbal angriff. Oft wurde sie deswegen in der Schule gehänselt, doch sie konnte die Wut und Enttäuschung bis jetzt immer unterdrücken. Dies hatte sich als Erwachsene nicht geändert. Ob es ein anderer Kunde im Supermarkt war, der sie anmeckerte, weil sie etwas zu lange vor der Fleischtheke stand oder ein Angestellter, der auf eine ihrer Nachfragen genervt antwortete, ob sie zu dumm sei, es selbst zu finden. Das alles kannte sie und hatte gelernt damit umzugehen ohne in Verzweiflung zu geraten. Doch damit ist jetzt Schluss. Sie wird nicht mehr das kleine, nette, liebe Muttchen sein, dass sich von jedem niedermachen lässt. Sie wird sich wehren und mit Frau Flodder wird sie beginnen.

Wenn sie Frau Flodder noch einmal trifft, wird sie ihr die Meinung sagen, das nimmt sich die Hausfrau fest vor. Sie wird nicht ihren Mund halten über die Verletzungen der Kinder, das Chaos im Garten oder die mangelnde Aufsicht. Zur Bekräftigung ihrer Entscheidung schlägt sie mit der Faust auf den Tisch. Es klingelt im selben Moment an der Haustür und sie zuckt vor Schreck zusammen.

Für einen Moment steht sie unter Schock. Ist das wieder Frau Flodder? Nun gut, dann ist die Hausfrau jetzt an der Reihe, um Frau Flodder mal ordentlich die Meinung zu sagen. Genug ist schließlich genug. Langsam erhebt sie sich von ihrem Platz und geht zur Haustür. Langsam und vorsichtig öffnet sie die Haustür, bereit, den Schwall an Beleidigungen zu empfangen und gegenanzugehen, doch vor der Haustür steht nicht Frau Flodder. Die Hausfrau schaut in das von tränenüberströmte Gesicht von der betrügerischen Beate. Was um alles in der Welt will jetzt die Ehefrau von Olaf von ihr? Vor Überraschung bleibt der Hausfrau der Mund offenstehen. Noch nie hatte Beate sie besucht.

Kapitel 41

Die Hausfrau hat das Gefühl, eine Ewigkeit nur dazustehen und Beate anzusehen. Sie kann sich nicht bewegen und kann die Situation einfach nicht begreifen. Ein Schluchzen von Beate reißt die Hausfrau schließlich aus ihrer Erstarrung und sie bittet Beate herein. Beate setzt sich an den Tisch, der noch immer gedeckt ist und die Hausfrau holt eine saubere Tasse. Sie gießt Beate heißen Kaffee ein und setzt sich zu ihr an den Tisch. Beate greift nach der Tasse und legt ihre Hände darum. Sie starrt in ihren Kaffee, als würde sie dort eine Antwort suchen. Die Hausfrau beobachtet Beate aufmerksam. Noch immer hat sie keinen Anhaltspunkt, warum Beate hier ist, doch sie will sie auch nicht drängen über etwas zu reden, das ihr augenscheinlich sehr schwerfällt. Die Hausfrau nippt an ihrem Kaffee, der mittlerweile nur noch lauwarm ist. Was für ein verrückter Tag, denkt sie.

Beate lässt die Schultern hängen und sieht aus wie ein Häufchen Elend. Die sonst so selbstbewusste und taffe Frau scheint am Ende ihrer Kräfte angelangt zu sein. Die Hausfrau hatte Beate oft bewundert, wie sie mit Kritik umging und Beleidigungen weglachen konnte, doch in diesem Moment scheint eine ganz andere Frau vor ihr zu sitzen. Von der sonst perfekten Schminke haben sich unschöne Farbakzente im Gesicht von Beate gesetzt. Die Wimperntusche ist verlaufen, der Lippenstift verschmiert. Wo sonst jedes Haar seinen festen Platz in der Frisur hat und mit so viel Haarspray fixiert ist, dass es sich nicht bewegt, sieht es nun aus, als hätte ein Vogel mit viel Freude herumgewühlt. Die Haare stehen wild in alle Richtungen.

Die ersten Tränen tropfen auf die weiße Tischdecke und hinterlassen kleine schwarze Mascaraflecken. Noch immer hat Beate kein Wort gesagt. Langsam wird der Hausfrau die Situation unheimlich. Sie räuspert sich, um eine Reaktion von Beate zu provozieren. Immerhin ist Beate ja zu ihr gekommen. Beate hebt den Kopf und die Hausfrau erschrickt. Es ist nicht nur das Make-up-verschmierte Gesicht, sondern der Schmerz in den Augen von Beate, welches ihr das Blut in den Adern gefrieren lässt. Was ist nur passiert? Ist Olaf etwas passiert oder den Kindern? Der Hausfrau stockt der Atem bei all den schlimmen

123

Dingen, die sie sich in diesem kurzen Moment vorstellt.

„Olaf," bricht Beate schließlich das Schweigen und ihre Stimme zittert, „hat eine Affäre."

Kapitel 42

Die Hausfrau öffnet den Mund, um etwas zu sagen, doch ihr bleibt der Mund einfach offenstehen. Sie starrt Beate weiter an. Tausend Fragen gleichzeitig schießen ihr durch den Kopf: Wie kann Olaf so etwas tun? Wollte er auch mit ihr neben einer anderen Frau eine Affäre beginnen? Wie hat Beate das herausgefunden? Und was ist daran schlimmer, als die Affäre von Beate selbst? So viele Fragen und doch stellt die Hausfrau keine von ihnen.

Beate schnieft und sagt: „Das Schlimmste daran ist, dass er ihr Geschenke macht."

Die Hausfrau nickt, obwohl sie jetzt nicht versteht, warum das ausgerechnet das Schlimmste sein sollte. Ihr wird jedes Mal schlecht, wenn sie daran denkt, dass ihr Mann sie betrügen könnte. Dabei wäre egal, wer es ist und ob er der anderen Frau Geschenke machen würde. Der Betrug an sich ist etwas, dass sie sicher nicht verzeihen könnte.

„Weißt du," fährt Beate fort, die nicht bemerkt, dass die Hausfrau ihr gar nicht wirklich folgen kann, „wenn es so wie bei mir wäre, dass man einfach mal ein bisschen Abwechslung im Bett sucht, dann wäre das etwas Anderes."

Die Hausfrau nickt erneut, auch wenn sie die Einstellung von Beate nicht nachvollziehen kann. Hier geht es aber nicht darum, wer wie über eine Sache denkt, sondern, dass Beate einfach jemandem zum Reden braucht. Wobei die Hausfrau sich kurz fragt, warum Beate damit zu ihr kommt. Denkt Beate etwa, sie hätte eine Affäre mit Olaf? Oder kommt sie nur zu ihr, weil sie sonst niemanden hat? Die Hausfrau weiß, dass viele der Nachbarinnen hin und wieder neidisch auf den Körper von Beate sind, aber ist wirklich jemand mit ihr befreundet? Jeder ist nett und höflich, aber das ist eben keine Freundschaft und bei einigen Nachbarinnen muss man aufpassen, was man erzählt. Sonst weiß es einen Tag später die ganze Nachbarschaft. Ob Beate weiß, dass die Hausfrau von der Affäre von Beate wusste und nichts gesagt hat? Ist sie deswegen hier?

„Ich habe Quittungen gefunden," fährt Beate unbeirrt fort.

126

„Quittungen?" fragt die Hausfrau überrascht und sieht vor ihrem inneren Auge ein schäbiges Motel, in dem Olaf mit einer fremden Frau kurze, aber intensive Momente verbringt.

„Ja," sagt Beate, „gerade heute erst eine für einen Blumenstrauß. Mir hat er in den letzten 20 Jahren, die wir schon zusammen sind nicht einmal Blumen gekauft."

Kapitel 43

„Ein Blumenstrauß?" fragt die Hausfrau mit heiserer Stimme. Ihr Blick wandert zu der Vase auf dem Tisch mit dem herrlichen Blumenstrauß. Ist Beate deswegen zu ihr gekommen? Weil sie denkt, Olaf hat eine Affäre mit ihr? Nervös rutscht die Hausfrau auf ihrem Stuhl herum. Sie hat keine Affäre mit Olaf und möchte auch nicht, dass jemand so über sie denkt. Sie hat selbst gezweifelt, dass es so harmlos ist, wie es klingt und nun das. Wie soll sie Beate erklären, dass alles ganz harmlos ist?

„Ja," fährt Beate mit trauriger Stimme fort. Die Haustür fällt ins Schloss. Beate ist augenblicklich still. Der Ehemann der Hausfrau steckt den Kopf ins Zimmer mit einem Lächeln auf dem Gesicht, das ihm auf dem Gesicht einzufrieren scheint, als er Beate entdeckt. Er murmelt etwas davon, die Frauen lieber allein zu lassen und ist auch gleich wieder verschwunden. Auch er wird eine Erklärung für die Blumen wollen, denkt die Hausfrau. Wieso hat sie den Strauß nur angenommen?

„Es war nicht nur irgendein Blumenstrauß," fährt Beate fort, als sie eine Tür im ersten Stock des Hauses zugehen hört.

„Ach, nein?" fragt die Hausfrau nach. Ihre Stimme ist noch immer heiser. Sie spürt, wie ihr heiß wird. Die rote Farbe auf ihren Wangen fühlt sie.

„Nein, es war ein Strauß mit Rosen," sagt Beate. Die Hausfrau muss sich beherrschen, um ihrer Erleichterung nicht lautstark Ausdruck zu verleihen. Immerhin ist die Sache mit Olaf noch nicht ganz vom Tisch. Doch was kann die Hausfrau für die Absichten von Olaf? Wobei sie noch immer nicht weiß, was seine Absicht ist.

„Ich weiß nicht, was ich tun soll," fährt Beate fort. Ihre Hand spielt mit dem Kaffeelöffel, der bis dahin ruhig auf dem Tisch gelegen hat. Sie dreht ihn zwischen den Fingern hin und her, als würde er eine Antwort kennen und diese nur preisgeben, wenn er bewegt würde. „Es wäre schön, wenn du es niemandem erzählst," sagt Beate und schaut der Hausfrau direkt in die Augen. Verzweiflung, Verwirrung, Schuld, alle Emotionen scheinen in ihrem Blick zu liegen.

Die Hausfrau ergreift tröstend Beates
Hand: „Ich werde mit niemandem darüber
reden." Die Hausfrau verspricht es und
hofft, Beate so wenigstens etwas Trost
spenden zu können. Auch wenn ihre
Gefühle für Beate nach der Affäre von
Beate sehr abgekühlt sind, hat sie nun
doch Mitleid mit diesem Häufchen Elend,
das vor ihr sitzt.

Kapitel 44

Was für ein Tag, denkt die Hausfrau, als sie hinter Beate die Haustür schließt. Egal, wer jetzt noch klingelt, heute wird sie mit Sicherheit nicht mehr an die Tür gehen. Es reicht für heute.

Auch wenn sie gerne Besuch bekommt, war es heute einfach zu viel. Nicht die Menge an Besuch, sondern die Art und der Inhalt.

Obwohl es noch vor dem Abendessen ist, nimmt die Hausfrau sich ein Glas Wein und geht auf die Terrasse. Ihr Mann will zum Abendessen grillen, der Nudelsalat steht schon im Kühlschrank und die Kinder können auch einmal den Tisch decken, denkt sie. Das Brot schneidet sie, wenn ihr Mann das erste Fleisch auf den Grill legt.

Sie setzt sich in die Hollywoodschaukel, um ihren Gedanken nachzusinnen. Zu viel für einen Tag, denkt sie, doch der Lärm aus Nachbars Garten gönnt ihr auch jetzt keine Ruhe.

Sie nippt an ihrem Wein und versucht, den Lärm auszublenden.

Nach dem dritten Schluck gibt sie es auf. Sie stellt sich hin und schaut über die Zäune hinweg. Beulchen feiert augenscheinlich eine Party. Sie sieht rund 20 junge Menschen im Garten. Zwei sitzen im Pool und scheinen das kühle Nass an diesem herrlichen Sommertag zu genießen.

Eine junge Frau wird an den Füßen und unter den Achseln gepackt. Sie tritt um sich und windet sich hin und her. Sie kann jedoch nicht verhindern mit Kleidung im Pool zu landen. Ihr Schrei „mein Handy" geht unter dem Johlen und Lachen der anderen Feiernden unter.

Die Hausfrau schüttelt den Kopf über so viel jugendlichem Enthusiasmus. Wie schön es ist, dass es noch Jugendliche gibt, die so Spaß haben können, andererseits war das sicher ein teurer Spaß, wenn das Handy mit im Pool gelandet ist.

Sie hört, wie ihr Mann auf die Terrasse tritt, er legt die Arme von hinten um sie und drückt ihr einen Kuss auf den Scheitel. Sie kuschelt sich in seine Arme, saugt seinen Geruch ein und schließt die Augen. Zum ersten Mal an diesem Tag fühlt sie sicher und geborgen.

Sie kann die Welt und den Stress um sich herum vergessen. Ihr Leben ist perfekt.

Kapitel 45

„Schatz," ruft ihr Mann aus dem Wohnzimmer, „kann ich eben dein Handy benutzen. Mein Akku ist leer." Die Hausfrau steht gerade im Bad, um den letzten Schliff an ihre Frisur zu legen. Bevor es morgen in den Urlaub geht, geht es heute abend zu den Nachbarn zum Grillen. Soweit die Hausfrau weiß, sind alle Nachbarn eingeladen. Als sie mit ihrer Frisur zufrieden ist, geht sie die Treppe hinunter ins Erdgeschoss, wo ihr Mann im Wohnzimmer wartet. Er hat einen Gesichtsausdruck, den sie noch nie an ihm gesehen hat. Sie kann ihn nicht einordnen. Er hält ihr das Handy hin. Sie greift danach und legt es auf den Tisch neben sich. Sie hat nicht vor, es mitzunehmen.

„Willst du nicht lesen, wer dir schreibt?"

„Mir hat jemand geschrieben?" fragt sie. Warum hat er ihr nicht gesagt, wer ihr was geschrieben hat. Sie haben doch sonst auch keine Geheimnisse voreinander, oder? Sie greift nach ihrem Handy und drückt den Knopf, der es entsperrt. Auf dem Bildschirm ist eine Nachricht von Olaf. Er fragt, ob sie sich erneut auf einen Kaffee treffen können. Warum ist ihr Mann deswegen so seltsam? Sie sieht ihn fragend an. Er hat die Arme vor der Brust verschränkt und scheint auf eine Antwort zu warten, auf eine Frage, die er nicht gestellt hat.

„Und?" fragt sie, weil sie diese Situation nicht aushält.

„Wie oft triffst du dich schon heimlich mit Olaf?"

„Heimlich?" fragt sie überrascht. Wieso sollte sie sich denn heimlich mit ihm treffen? Er war bei ihr zuhause aufgetaucht und das hatte ihr Mann doch mitbekommen.

„Ich weiß, dass Olaf eine Affäre hat," fährt er fort und seine Stimme ist eisig. Die Hausfrau erschrickt. Wie kann er nur denken, dass sie so etwas tun würde?

„Aber doch nicht mit mir," gibt sie verzweifelt zurück. Er glaubt es wirklich. „Schau dir die Nachrichten an, die wir geschrieben haben bzw. er mir. Es ist schon einmal eine Nachricht wegen einem Kaffee gekommen und du siehst, ich habe nicht geantwortet." Sie hält ihm ihr Handy unter die Nase. Sie hat keine Geheimnisse vor ihm. „Du warst doch hier, als er einfach vorbeikam. Hätte ich ihn einfach wegschicken sollen?"

Sie sieht in seinem Gesicht, wie die Gefühle in seinem Inneren kämpfen. Schließlich macht er einen Schritt nach vorne und zieht sie in seine Arme. „Es tut mir so leid. Ich habe nur gehört, dass er eine Affäre mit einer Nachbarin hat und wenn ich mir unsere Nachbarinnen so ansehe, konnte ich mir einfach keine andere vorstellen, mit der jemand seine eigene Frau betrügen wollen würde. Bitte verzeih mir, dass ich so dumm war."

„Es tut mir leid, ich hätte dir sagen sollen, dass er schon einmal gefragt hat, aber da du dann gesehen hast, dass er hier war, habe ich es vergessen."

Sie liegen sich in den Armen und die Hausfrau fragt sich, wer schon alles weiß, dass Olaf eine Affäre hat und wer diese Frau wohl sein mag. Sie für ihren Teil jedenfalls wird sich nicht mit Olaf treffen.

Kapitel 46

Das Grillfest ist schon im vollen Gange als die Hausfrau und ihr Ehemann eintreffen. Während Sie die Tupperdosen mit Salat und Brot auf dem Buffettisch abstellen, fällt ihr auf, dass die typischen Nachbarn alle anwesend sind, außer Beate. Ihr Mann greift ihre Hand und zieht sie auf die Tanzfläche. Er zieht sie an sich und wiegt sich zu ihrem Lied im Takt. Sie legt ihren Kopf an seine Brust und genießt es. Sie hört seinen Herzschlag und ihr Lied. Sein Duft zieht in ihre Nase und sie vergisst alles um sich herum. Wie selten sind diese Momente, in denen es nur sie und ihren Mann gibt. Erst jetzt wird ihr bewusst, dass ihr das gefehlt hat. Auch wenn sie es liebt Hausfrau und Mutter zu sein, ist sie in letzter Zeit eben nur das gewesen und nicht die begehrenswerte Frau, die sie zu Beginn ihrer Beziehung war.

„Darf ich abklatschen," wird sie von Olaf aus ihren Gedanken gerissen. Das Lied war zu Ende und Olaf schein seine Chance abgewartet zu haben. Ihr Mann nickt und gibt ihr noch einmal einen Kuss zum Abschied.

Sie lässt sich von Olaf in die Tanzhaltung ziehen, achtet aber darauf, dass der Abstand gewahrt ist. Sie spürt die Blicke der anderen Frauen in ihrem Rücken. Als Olaf sie dreht, sieht sie, wie ihre Nachbarinnen die Köpfe zusammenstecken. Sie weiß genau, worüber sie reden und sie hofft, dass sie bald eine Gelegenheit bekommt, um es klarzustellen.

Olaf scheint nicht an einem Gespräch interessiert zu sein und so geht sie im Kopf die Nachbarinnen durch, mit der er eine Affäre haben könnte. Sie hätte jetzt die Möglichkeit ihn zu fragen, aber die direkte Art war noch nie ihre Art. Sie wartete stets ab, bis die Menschen ihre Geheimnisse preisgeben. Oft ist es das Offensichtliche, das man nicht wahrnimmt. Aber würde Olaf wirklich mit Irene eine Affäre beginnen? Sie wirft sich ihm quasi bei jeder Gelegenheit an den Hals. Oft genug hatte die Hausfrau es beobachtet, aber würde sie es so öffentlich zur Schau tragen, wenn es wirklich so wäre?

Es wäre die logische Konsequenz, wenn Irene es ihrem Mann heimzahlen wollte, aber Irene war die, die gesagt hat

138

„Schwamm drüber, vergessen wir die Sache". Da wäre eine Affäre kontraproduktiv und würde zu mehr Problemen führen, als die Vier ohnehin schon haben.

Aber welche ihrer Nachbarinnen würde ihrem Mann so etwas antun? Gut, die neuen Nachbarn Flodder kannte sie nicht wirklich, aber würde Olaf so tief sinken? Er sieht nicht schlecht aus und müsste daher auch Chancen bei einer attraktiven Frau haben. Frau Flodder trägt nun nicht gerade häufig saubere Kleidung, geschweige denn etwas, das zeigt, dass sie eine weibliche Figur hat.

Ob Olaf weiß, dass die Nachbarn von seiner Affäre wissen? Sollte sie es ihm sagen?

Das Lied ist zu Ende, Olaf gibt ihr einen Handkuss und bedankt sich für den Tanz. So schnell, wie er gekommen war, ist er auch wieder unter den anwesenden Nachbarn verschwunden.

Kapitel 47

Die Nachbarinnen verstummen, als die Hausfrau zu ihnen geht. Wie unauffällig denkt sie.

„Hast du Beate gesehen," fragt Irene die Hausfrau. Etwas in ihrer Stimme lässt die Hausfrau aufhorchen. Es klingt nicht so wie sonst. Wobei es bei Irene ohnehin zwei Arten von Stimmlagen gibt. Es gibt die, die fröhlich und sympathisch klingt und dann die, aus der man hört, wie aufgesetzt es ist. Es ist jedoch auch immer fröhlich, sogar zu fröhlich. Es ist etwas zu schrill, um echt zu sein, aber so kann man es so sofort heraushören. Die Stimme jetzt jedoch klingt noch anders. Irgendwie boshaft, oder? Aber warum sollte Irene böse auf sie sein? Da fällt es ihr auf, die anderen denken, sie hätte eine Affäre mit Olaf, mit dem Mann, den Beate schon seit Wochen ganz unverhohlen anmacht. Ist sie etwa eifersüchtig oder neidisch?

„Nein," gibt die Hausfrau zurück. „Wo ist sie denn?" fragt sie nach. Es interessiert sie wirklich. Sie sieht vor ihrem inneren Auge das Häufchen Elend, das Beate in ihrer Küche darbot. So wie sie Beate aber einschätzte, war es Beate möglich, ein unbeteiligtes Gesicht aufzusetzen und für die Außenwelt so zu tun, als wäre nichts geschehen.

Die anderen Nachbarinnen tauschen vielsagende Blicke aus, doch keine von ihnen traut sich, etwas zu sagen. Die Hausfrau ist es leid, sich zu verstecken. Hatte sie sich selbst nicht versprochen, nicht mehr so zu sein? Immer alles hinzunehmen und gute Miene zum bösen Spiel zu machen? Jetzt war ihre Chance, sich gegenüber den Nachbarinnen zu behaupten. Würde es ihr Leben verändern? Würden die anderen sie dann nicht mehr mögen? Andererseits will sie auch nicht als die Frau gelten, die ihren Mann und eine Nachbarin hintergeht. Sie ist eine nette und anständige Frau. Manchmal ärgert sie sich darüber, dass sie nicht zu allen Schandtaten bereit ist und lieber zu Hause bleibt, als mit den anderen einen draufzumachen.

Sie strafft die Schultern, reckt den Kopf in die Höhe. Gerade als sie den Mund öffnen will, um die Angelegenheit klarzustellen, hören sie alle: „Hallo ihr Lieben, entschuldigt die Verspätung. Ich habe es

141

einfach nicht früher geschafft." Beate sieht fantastisch aus. Nichts an ihr lässt darauf schließen, wie schlecht es in ihrem Inneren aussieht. Sie tritt zu den Frauen, die sie alle mit offenem Mund anstarren. Zur Begrüßung umarmt sie zuerst fest und herzlich die Hausfrau, was erneut dazu führt, dass die anderen Blicke austauschen, doch dieses Mal sind sie eher verwirrt und fragend.

Kapitel 48

An diesem Abend tanzt Olaf mit jeder der Nachbarinnen, sodass das Getuschel über die Hausfrau und einer Affäre zwischen den Beiden schnell nachlässt. Jetzt könnte es jede von ihnen sein. Olaf scheint mit keiner von ihnen zu reden, er tanzt mit jeder ein Lied und entfernt sich dann wieder. Ein sehr sonderbares Verhalten, aber war Olaf nicht schon immer etwas sonderbar? Hat die Hausfrau nicht oft genug gedacht, dass er in seiner eigenen Welt lebt und fernab der Realität zu sein scheint?

Traurig schüttelt die Hausfrau den Kopf, es sollte ein netter und lustiger Abend werden. Bernd steht wie immer hinter dem Grill und freut sich über seine Aufgabe. DJ zieht alle Register, um den Abend musikalisch zu gestalten, die Frauen hatten sich viel Mühe mit ihren Salaten und Snacks gegeben und doch gab es bei den Frauen nichts, was sie annährend so sehr interessiert, wie die Affäre von Olaf.

Die Hausfrau wirft einen Blick zu der Männerrunde. Sie wissen das Essen zu schätzen. Bei Wurst und Bier lachen sie miteinander und scheinen sich zu amüsieren. Warum sind Männer so anders? Sie hat keine Lust mehr auf die Stimmung bei den Frauen und schlendert zu ihrem Mann hinüber. Sie hört gerade noch, wie Herr Sodom sagt: „und dann fällt sie mitsamt Stange um." Die Männer brechen in schallendes Gelächter aus. Sie stellt sich zu ihrem Mann, der sie in seine Arme zieht. Er sitzt auf einem der Barhocker an einem der runden Stehtische und sie steht nun vor ihm. Seine Arme hat er fest um sie gelegt.

In dieser Männerrunde ist nichts davon zu spüren, dass es jegliches Interesse an dem Privatleben von Olaf gibt. Keine bedeutenden Blicke, kein betretenes Schweigen, nichts.

„Wer hat den Nudelsalat gemacht?" fragt Herr Sodom.

„Meine Frau," sagt der Ehemann der Hausfrau und es klingt Stolz mit in seiner Stimme.

„Wirklich köstlich," sagt Herr Sodom zur Hausfrau. Sie spürt, wie ihr die Röte in die Wangen steigt und sie senkt den Blick. Sie

144

kann mit Komplimenten nicht umgehen. Sie weiß nicht, wie man darauf reagiert, dennoch freut sie sich, dass ihr Nudelsalat so gut ankommt. Es ist ein Familienrezept, was ihre Großmutter ihr beigebracht hat. Aber ihre Großmutter hat stets gesagt, dass es eine Geheimzutat gibt, die man aus jedem Gericht herausschmecken kann. Die Geheimzutat ist Liebe. Nicht die Liebe zum Essen oder zu einer Person, sondern die Liebe, mit der ein Essen zubereitet hat. Auch wenn die Hausfrau den Spruch damals abgedroschen fand, denkt sie es mittlerweile auch. Ein Essen, das mit viel Liebe zubereitet wurde, schmeckt besser als ein Essen was schnell einfach zusammen gemischt wurde.

Kapitel 49

Am nächsten Morgen hört die Hausfrau quietschende Autoreifen. Sie schnappt sich ihr Handy und rennt auf die Straße. Ein Kleinwagen steht wenige Meter von ihrem Haus entfernt auf der Straße. Eine junge Frau, die offensichtlich das Fahrzeug gefahren hat, kniet vor ihrem Auto. Die Hausfrau rennt die letzten Schritte. Am Boden liegt der kleine Goldschopf von Familie Flodder. Nachdem die Hausfrau den Notruf gewählt hat, kümmert sie sich um die Beiden. Die Fahrerin zittert am ganzen Körper. Der Goldschopf springt auf die Beine, als wäre nichts geschehen. Die Beule in der Motorhaube zeugt jedoch von einer ganz anderen Geschichte. Die Hausfrau setzt die junge Fahrerin auf den Kantstein und schaut sich den Goldschopf an. Sie findet Abschürfungen und eine Beule am Kopf. Das Kind scheint aber klar zu sein.

Der Rettungshubschrauber landet mitten auf der Straße und lockt so weitere Nachbarn an. Der jungen Fahrerin wird ein Glas Wasser gebracht. Während einer der Rettungssanitäter versucht, die Eltern aus dem Haus zu klingeln, wird das Goldlöckchen auf eine Bahre gelegt und in den Hubschrauber geschoben. Es dreht sich noch einmal zur Hausfrau um und sagt: „Ich wünschte, ich wäre tot." Die Hausfrau schaut dem Kind schockiert nach. Unverrichteterdinge kehrt der Rettungssanitäter zurück. Er erklärt der Hausfrau, dass gleich ein Rettungswagen kommen wird für die Fahrerin. Ein kurzer Check hat schon ergeben, dass ihr nichts Ernsthaftes fehlt, aber wegen des Schocks wollte man sie lieber auch einen Tag mit ins Krankenhaus nehmen. Die Hausfrau nickt und geht zur Fahrerin hinüber. Sie hat mittlerweile ihren Ehemann angerufen, der bald eintreffen sollte.

Mit dem Rettungswagen treffen auch die Eltern Flodder ein. Die Hausfrau erklärt ihnen, was vorgefallen ist. Frau Flodder läuft rot an vor Wut und keift: „Und Sie mussten natürlich wieder den Notarzt rufen. Kinder müssen sich verletzen, wann begreifen Sie das endlich? Sie wollen uns nur fertigmachen. Sie haben wohl etwas gegen Menschen, die mehr als zwei Kinder haben. Ich habe sie gewarnt, ich werde Sie fertigmachen." Sie tobt weiter und ihr Mann schiebt sie Richtung Haustür. Ihm scheint das Verhalten seiner Ehefrau unangenehm zu sein, er kann jedoch nichts gegen ihren Wutanfall ausrichten. Was stimmt nur nicht mit dieser Frau, fragt sich die Hausfrau.

Die Hausfrau gibt artig bei dem Rettungssanitäter ihre Kontaktdaten an, falls noch etwas sein sollte und wünscht der jungen Fahrerin alles Gute. Das Fahrzeug wird ihr Mann später holen. Es ist ja noch fahrtüchtig. Erst einmal ist die Gesundheit der beiden Unfallbeteiligten wichtiger.

Kapitel 50

Die Hausfrau traut ihren Augen kaum, sie ist auf dem Weg zum Arzt, um ein Rezept abzuholen, da sieht sie den kleinen Goldschopf schon wieder mit einem Holzstock als Schwert hinter Max und Moritz hinterherrennen. Eine große Beule am Kopf und Abschürfungen an den Armen zeugen noch von dem Unfall am gestrigen Tage. Traurig schüttelt die Hausfrau den Kopf. Zwar kommt nun einmal wöchentlich das Jugendamt, aber das scheint auch nicht wirklich zu helfen. Was soll aus diesen Kindern nur werden?

In der Arztpraxis ist ihr Rezept noch nicht fertig. Wie auch, schließlich hatte sie die Arzthelferin am Telefon, die sie mittlerweile „Frau schnell und kompetent" nennt. Also heißt es doch wieder warten. Das Wartezimmer ist überfüllt, wie es häufig an einem Montag ist. Was hatte der Arzt einmal gesagt? Am Wochenende haben die Leute Zeit, sich zu überlegen, was sie alles haben könnten und müssen daher alle montags in die Praxis kommen. Die Hausfrau schmunzelt bei dem Gedanken daran. Sie sagt Frau schnell und kompetent Bescheid, dass sie draußen warten wird. Die Sonne scheint und in der Praxis riecht es immer nach Desinfektionsmitteln, draußen kann sie die frische Luft genießen.

Wieso hat sie nicht an ein Buch gedacht? Weil sie das Rezept bestellt hat und deswegen dachte, sie würde nur kurz hineingehen in die Praxis und sofort wieder gehen. Jetzt bereut sie das Vertrauen in die Arzthelferin. Gerade, als sie noch einmal nachfragen will, wie lange es wohl voraussichtlich noch dauern wird, kommt Frau schnell und kompetent aus der Tür und überreicht ihr mit den Worten „Ich habe sie schon überall gesucht" das Rezept. Die Hausfrau schüttelt nur mit dem Kopf und geht. Immerhin, denkt sie, wenn auch so eine einen Job bekommt, haben die Kinder von Familie Flodder auch noch eine Chance, vorausgesetzt, sie überleben ihre Kindheit.

Zu Hause angekommen, ist ihre Haustür eingeschmiert mit einer seifenartigen Flüssigkeit. Weiße Blasen laufen von oben nach unten an der Tür entlang. Auch die Türzarge wurde eingeschmiert. Es müssen schon ein paar Minuten verstrichen sein, seit die Tür eingeschmiert wurde. Der

150

obere Rand der Tür ist zwar noch feucht, aber die weißen Bläschen sind nur noch ab der Mitte der Tür zu sehen und vor der Tür befindet sich bereits ein kleiner See.

Sie geht näher heran und riecht vorsichtig daran. Eindeutig Seife. Wieso hat sie auch damals gemeint, eine Holztür sei die bessere Wahl? Weil es einfach schöner aussieht. Hoffentlich schadet die Seife dem Holz nicht. Sie ist schließlich für Regen konzipiert. Soll sie die Polizei rufen? Die werden sie sicher nur auslachen. Sie macht ein Foto, bevor sie das Haus betritt, um einen Lappen zu holen.

Kapitel 51

Der Buchclub findet zum ersten Mal bei Schreiberli statt. Alle sind schon neugierig darauf, was die neuen Besitzer aus dem Haus und dem Garten gemacht haben. Es ist alles sehr schick und avantgardistisch eingerichtet. Schreiberli hat auf der Terrasse gedeckt. Da der Buchclub für die Nachbarinnen nur eine Ausrede ist, um sich zu treffen, zu lästern und das ein oder andere Glas Wein, Sekt oder dergleichen zu trinken, steht schon eine Flasche Sekt gekühlt bereit.

„Entschuldigt das Chaos," sagt Schreiberli und deutet auf das Ende der Terrasse, das zu den nächsten Nachbarn zeigt. Auf der anderen Seite befindet sich eine Hecke, die so hoch ist wie die Hausfrau. „Wir bauen einen Sichtschutz zu den Nachbarn. Es ist irgendwie doch so, dass man sich beobachtet fühlt, wenn es dort keinen Sichtschutz gibt."

Die Nachbarinnen nicken. Vorher hatte keine darüber nachgedacht, dass dort nie eine Hecke oder ähnliches gesetzt wurde. Es war einfach so. Aber es stimmt schon, wenn die Terrassen dann direkt nebeneinander liegen, steht man doch unter Beobachtung. Jede von den Nachbarinnen schaut nach Bewegungen im eigenen oder benachbarten Garten, wenn sie aus ihrer Terassentür tritt.

„Man will sich ja nicht immer beobachtet fühlen," beendet Schreiberli die Erklärung. Es steht bereits ein Gerüst aus Metall, wie eine Art Korb. Die Hausfrau erinnert sich, dass sie schon öfter derartige Gitter gesehen hat. Einige Firmen nutzen diese Art von Abgrenzungen. Die Gitterkörbe werden mit Steinen gefüllt. Einige nehmen nur weiße, andere nur schwarze und dann gibt es welche, die ein Muster hineinlegen lassen. Schreiberli sagt, dass sie sich noch nicht sicher sind, aber wohl nur weiße Steine nehmen werden. Die helle Farbe würde den Raum größer wirken lassen.

Die Nachbarinnen legen alle ihre Bücher auf den Tisch. Einige der Bücher sehen aus wie neu, andere zeugen davon, dass die Besitzerin es doch ernst genommen hat mit dem Buchclub und das Buch mindestens einmal gelesen hat. Weder die, die es nicht gelesen haben, noch die, die es gelesen haben, verlieren ein Wort darüber. Die Gastgeberin fasst das Buch zu Beginn kurz zusammen, sodass alle wissen, worum es in dem aktuellen Buch ging, falls ihre Männer doch einmal fragen sollten, auch wenn dies bisher noch nie vorgekommen ist.

Die Gläser werden stetig vollgeschenkt und die Nachbarinnen sind dem Alkohol zugetan. Die Stimmung ist ausgelassen. Es wird gelacht und gelästert. Die Hausfrau stellt fest, dass weder Beate noch Irene heute dabei sind. Es ist zwar kein Termin, zu dem man verpflichtend kommen muss, aber die Beiden sind sonst immer dabei.

„Also," setzt Frau Sodom an, „wer von euch schläft mit Olaf?"

Kapitel 52

Die Hausfrau ist nicht die Einzige, die sich an ihrem Getränk verschluckt. Die Blicke wandern von einer Nachbarin zur Anderen. Keine sieht betreten oder beschämt zu Boden. Die Blicke sind neugierig und wandern hin und her, doch es ist keine von ihnen.

„Naja," sagt Frau Sodom, „ich dachte, ich frage mal direkt. Neugierig bin ich ja schon, wie der Olaf so im Bett ist, wo er sonst so abwesend wirkt." Sie kichert in ihr Sektglas und die anderen Nachbarinnen stimmen mit ein.

„Okay," sagt Trutchen, „wenn es keine von uns ist, dann muss es ja eine sein, die nicht hier ist." Sie spricht aus, was wohl viele von den Nachbarinnen denken. „Es fehlen Beate, Irene, Frau Flodder und das junge Küken," zählt sie für alle auf, die selbst noch nicht nachgezählt haben. „Beate ist seine Frau und daher ja auf keinen Fall seine Affäre," kichert sie, was wohl mehr am Alkohol als an der Aussage liegt. „Was ist mit Irene?"

Die Nachbarinnen wechseln vielsagende Blicke. Jede traut es Irene zu. Immerhin hat sie auch viel dafür getan, dass man den Eindruck gewinnen könnte, sie hätte Interesse an Olaf. Bei jeder sich bietenden Gelegenheit wirft sie sich ihm an den Hals.

„Aber wäre das nicht etwas offensichtlich?" wirft Frau Sodom ein, „außerdem hat Olaf ihre Avancen bisher in keiner Weise erwidert oder habe ich etwas verpasst?" Die anderen Nachbarinnen schütteln alle die Köpfe. Keine von ihnen hat gesehen, dass Olaf auf die Bemühungen von Irene reagiert hat. Aber vielleicht ist das auch der Trick, denkt die Hausfrau.

„Aber meint ihr wirklich," wirft Schreiberli ein, „dass das junge Küken etwas mit ihm angefangen hat? Ich kenne sie zwar nicht gut, aber sie wirkt zu glücklich mit ihrem Mann." Das stimmt. Die beiden wirken wie ein Herz und eine Seele, aber wirklich gut kennt sie keiner in der Nachbarschaft. Es liegt nicht daran, dass sie unsympathisch oder nicht kontaktfreundlich sind, sondern daran, dass sie bei jeder sich bietenden Gelegenheit mit ihrem kleinen Bus die Welt bereisen. Ein bisschen neidisch ist die Hausfrau auf das Küken. Nicht auf ihre

Schönheit und Jugend, die hatte sie selbst einmal, nein auf die Freiheit, einfach in ein Auto zu steigen und dort hinzufahren, worauf man gerade Lust hat. Schon früh hat sie geheiratet und ihre Kinder bekommen. Vielleicht werden ihr Mann und sie reisen, wenn die Kinder aus dem Haus sind und ihr Mann in Rente ist. Reisen hat noch Zeit, aber Kinder bekommen kann man nicht ewig.

„Wir haben doch schon einmal vermutet, dass da was Komisches läuft, wisst ihr noch?" fragt Frau Sodom. „Damals, als ständig ein anderer junger Mann dort war und wir dachten, sie hätten so eine Dreiecksbeziehung." Alle Nachbarinnen nicken. Die eine oder andere Nachbarin schlägt betreten die Augen nieder. Zumindest ihnen wird bewusst, dass der Tratsch nichts anderes ist als Tratsch und weit entfernt von der Wahrheit sein kann.

Kapitel 53

Schon von weitem sieht die Hausfrau, dass irgendetwas an ihrem Auto anders ist. Sie geht näher heran und sieht, dass die Narbenkappendeckel fehlen. Sie geht einmal um das Fahrzeug herum und muss feststellen, dass alle vier Deckel weg sind. Einer wäre sicher Zufall, aber alle vier auf einmal? Sie atmet tief durch. Sie ist sich sicher, dass es Frau Flodder war, aber sie hat keine Beweise. Außerdem sind es ja nur die Deckel. Dafür lohnt es sich nicht, den Streit weiter anzuheizen. Frau Flodder ist ohnehin schon sehr aufgebracht. Wer weiß, wie sie reagieren würde, wenn die Hausfrau sie des Diebstahls bezichtigen würde. Kopfschüttelnd geht sie in ihr Haus. Das Leben hier war einmal so schön und ruhig.

Wie aufs Stichwort hört sie, wie bei Frau Overview gehämmert und gebohrt wird. Sie seufzt, macht sich einen Kaffee und geht damit auf die Terrasse. Der Lärm ist nicht viel lauter als im Haus. Ihr Mann ist auf Dienstreise und der Rasen muss gemäht werden. Da es eh keine Ruhe gibt, stellt sie ihre Kaffeetasse auf den Tisch und macht sich daran, den Rasen zu mähen. Das

Rasenmähen lenkt sie von ihren trüben Gedanken ab. Die Sonne scheint und die Vögel springen hinter ihr auf dem gemähten Rasen, um nach Fressen zu suchen. Es ist ein reges Treiben und die Hausfrau entdeckt die schönen Seiten, die das Leben hier bietet.

Während des Mähens sieht sie, dass bei Frau Overview im ersten Stock gewerkelt wird. Mit einem Gerüst und einem großen Bohrer ist ein Mann zugange, den sie nicht kennt. Irene winkt die Hausfrau an den Gartenzaun. Auch wenn die Hausfrau noch immer nicht gerne mit Irene spricht, folgt sie der Aufforderung, eine Fehde mit einer Nachbarin reicht ihr. Sie möchte mit allen Nachbarn gut auskommen. Da muss man hin und wieder auch gute Miene zu Dingen machen, die man nicht mag.

„Hast du gehört," fragt Irene, als die Hausfrau bei ihr steht, „Frau Overview reicht ihr Ausblick aus dem ersten Stock nicht mehr." Frau Overview hatte bei Einzug in die Straße im ersten Stock große Terrassenfenster inklusive Türen einbauen lassen, sowie ein Geländer, damit sie von ihrem Wohnzimmer im ersten Stock über die Gärten der Nachbarn sehen kann.

Häufig schon hat die Hausfrau bemerkt, dass sie beim Aufhängen der Wäsche von oben beobachtet wurde, hatte sich aber daran gewöhnt. „Nun", fährt Irene fort, „bekommt sie einen Balkon, damit sie weiter hinausgehen kann. Schreiberli baut doch die neue Abgrenzung und dann kann sie nicht mehr auf die Terrasse dahinter schauen."

„Das ist nicht wahr!" sagt die Hausfrau. So etwas kann nicht einmal Frau Overview einfallen.

„Doch, du wirst es sehen. Der Balkon soll in drei Tagen fertig sein." Kopfschüttelnd beendet die Hausfrau ihre Arbeit. Die Nachbarn werden immer verrückter, denkt sie.

Kapitel 54

Irene hat Recht behalten. Der Balkon stand schon am dritten Tag und nicht nur das, Frau Overview war vorbereitet. Kurz nachdem der Arbeiter das Okay gibt, werden ein Tisch, zwei Stühle und ein Sonnenschirm auf den kleinen Balkon gestellt. Der Balkon ist nicht groß und mit einem Tisch und den zwei Stühlen nur für schlanke Menschen gebaut, aber Frau Overview reicht er. Stolz setzt sie sich sogleich auf den Balkon, um die Gärten der Nachbarn in Augenschein zu nehmen. Die Abgrenzung bei Schreiberli ist fertig und Frau Oberview kann nun weiterhin darüber hinweg in die Gärten der Nachbarn sehen. Die Hausfrau zupft das Unkraut auf ihrer Terasse und schüttelt belustigt den Kopf. Obwohl sie „nur" Hausfrau und Mutter ist, wäre ihr so etwas nicht eingefallen. Natürlich bekommt sie viel von der Nachbarschaft mit, weil sie nicht zur Arbeit geht, aber ihr Leben ist dennoch ausgefüllt. Sie hätte gar keine Zeit, nur die Nachbarn zu beobachten. Aber wie sagt ihre Freundin aus dem Ruhrpott gerne: Jeder Jeck ist anders.

Irene und ihr Mann scheinen Urlaub zu haben. Sie Beide sind im Garten zugange. Während er den Rasen mäht, kann die Hausfrau Irene über den Lärm des Rasenmähers zetern hören. Sie schreit ihn an, was er nur für ein Mann wäre und warum er nie tun würde, was sie ihm sagt. Wieder denkt die Hausfrau, warum die Beiden noch zusammen sind. Wäre nicht die Affäre die optimale Gelegenheit gewesen, über alles einmal nachzudenken und gegebenenfalls einen Schlussstrich zu ziehen? Die Streitereien der Beiden blieben der Nachbarschaft schon vor der Affäre nicht verborgen. Vielleicht sollte die Hausfrau Kopfhörer tragen bei der Gartenarbeit. Ihre Tochter hat sich gerade ganz tolle Kopfhörer gewünscht. Ohne Kabel könnte sie dann Musik hören und hätte ihre Ruhe vor den Querelen der Nachbarschaft. Andererseits würde sie sich auch abschotten und die Nachbarn wären womöglich eingeschnappt.

Als ihr Nachbar mit dem Rasenmähen fertig ist, geht er zu Irene auf die Terrasse und gemeinsam heben sie den schweren Strandkorb auf den Rasen. Irene gibt Kommandos und ihr Mann gehorcht. Er wird hin- und hergedreht. Die Hausfrau hätte ihn so gedreht, dass die Sonne hineinscheint, schließlich ist doch ein Strandkorb für Sonne und Meer gemacht, doch Irene dreht den Strandkorb in Richtung Häuser. Es dauert einen Moment, bis die Hausfrau sieht, dass Irene immer wieder zum Balkon von Frau Overview schaut. Sie richtet den Strandkorb so aus, dass sie hinauf zum Balkon sehen kann und Frau Overview hinab in den Strandkorb. Was das nun wieder soll, denkt die Hausfrau.

Kopfschüttelnd beendet sie ihre Arbeit, um das Essen für ihre Familie vorzubereiten.

Kapitel 55

„Wir müssen die Polizei rufen," sagt ihr Mann mit Nachdruck. „Woher willst du wissen, dass die nur die Deckel geklaut haben. Vielleicht haben die auch noch mehr am Auto demoliert und dir passiert etwas." Die Hausfrau ärgert sich über sich selber. Sie hat nicht daran gedacht, noch schnell neue Kappen für ihr Auto zu kaufen, während ihr Mann noch auf Dienstreise ist. Wenn sie daran gedacht hätte, wäre sie jetzt nicht in dieser Diskussion.

„Wer sollte mir denn etwas tun?" versucht sie die Situation zu entschärfen. Wenn sie ehrlich ist, hat sie selber gar nicht daran gedacht, dass man noch irgendetwas anderes am Fahrzeug hätte beschädigen können.

„Wer kommt auf die Idee, die Deckel zu klauen," gibt er zurück. Sie weiß, dass er Recht hat, aber dennoch ist es ihr unangenehm wegen so etwas die Polizei zu rufen. Zumal alle Nachbarn das Theater mitbekommen werden. Womöglich wird die Nachbarschaft noch befragt. Wie peinlich, denkt sie, wenn es sich nachher nur um einen harmlosen Streich handeln sollte. Da sie aber weiß, dass sie diesen Streit nicht gewinnen wird, wartet sie geduldig, bis ihr Mann die Polizei verständigt hat.

Wenig später hält ein Streifenwagen genau vor ihrer Haustür. Wo auch sonst, denkt die Hausfrau. Die beiden Männer begutachten das Fahrzeug und nehmen sogar Fingerabdrücke von den Radkästen. Immer mehr Nachbarn gehen natürlich nur ganz zufällig spazieren. Die neugieren Blicke sind der Hausfrau unangenehm, aber es lässt sich nun einmal nicht ändern.

„Ist Ihnen jemand aufgefallen oder wüssten Sie jemanden, der Ihnen etwas Böses will?" fragt einer der Uniformierten. Die Hausfrau schüttelt mit dem Kopf. Natürlich hat ihr Frau Flodder gedroht, aber sie will mit ihr nicht noch mehr Streit. „Ist etwas Ähnliches schon einmal passiert?"

Die Hausfrau schaut betreten zu ihrem Mann, dann atmet sie einmal tief durch, bevor sie von der Geschichte mit der eingeseiften Haustür erzählt. Bisher hatte sie ihrem Mann davon nichts gesagt, da sie es für einen Scherz gehalten hatte. Sie sieht ihrem Mann an, dass er sauer ist. Gut, er hat allen Grund dazu, aber wegen einer eingeseiften Haustür macht man doch kein Theater. Die Beamten nicken nur, während sie alles aufnehmen. Da kommt Trutchen vorbei. Die Hausfrau hat sich schon gewundert, warum Trutchen noch nicht vorbeigeschaut hat.

„War das Frau Flodder?" platzt es aus ihr heraus. Die Hausfrau wirft den Kopf in den Nacken und blickt gen Himmel. Das darf doch alles nicht wahr sein. So wird das Kriegsbeil nie begraben und die Nachbarschaft nicht wieder so ruhig und familiär wie vor wenigen Monaten.

Kapitel 56

Die Hausfrau atmet tief durch, bevor sie von der Begegnung an der Haustür erzählt. Als Frau Flodder sie anbrüllte, weil Frau Flodder meint, die Hausfrau hätte das Jugendamt gerufen, als Max vom Baum gefallen ist.

„Dabei war ich das," sagt Trutchen mit Stolz in der Stimme. Ja, denkt die Hausfrau, Trutchen sorgt nicht nur für Tratsch, sondern auch für Ordnung. Zumindest denkt sie das.

Da keiner der Beamten auf den Einwurf von Trutchen reagiert, fährt die Hausfrau fort und erzählt von dem Beinaheunfall, den sie beobachtet hat. Auch wenn sie nicht denkt, dass dieser Vorfall etwas mit der Angelegenheit zu tun haben könnte.

„Okay," sagt einer der Beamten, „dann werden wir jetzt mal zu Familie Flodder gehen."

„Aber," sagt die Hausfrau, „wenn sie da jetzt hingehen, dann wird Frau Flodder doch erst recht sauer auf mich sein."

Ihr Ehemann legt die Arme um sie. Sie spürt, dass er um Fassung ringt. Er ist nicht böse auf sie, sondern scheint sich Sorgen um seine Frau zu machen. „Schatz," sagt er, „lass die Beamten ihre Arbeit machen. Sie werden wissen, was zu tun ist. So kann es schließlich nicht weitergehen. Was, wenn dir nachher wirklich etwas passiert?"

„Wer werden in alle Richtungen ermitteln," fährt der Beamte fort. „Außerdem scheinen noch mehr Nachbarn ihren Disput mit Frau Flodder erlebt zu haben," sagt er mit einem Blick auf Trutchen, die ihren Kopf in die Höhe reckt, als könnte man darauf stolz sein, die Nachbarn zu beobachten. „Außerdem werden wir auch noch andere Nachbarn befragen, ob sie etwas gesehen haben. Ihr Auto werden wir von Kollegen heute nachmittag in eine Werkstatt bringen lassen, um überprüfen zu lassen, ob technische Veränderungen vorgenommen wurden."

„Technische Veränderungen?" fragt die Hausfrau.

„Nun," sagt der andere Beamte und kratzt sich nervös am Nacken, „die Werkstatt wird prüfen, ob beispielsweise alle Schrauben noch fest angezogen sind und die Bremsen noch funktionieren."

Die Hausfrau sinkt in sich zusammen und ist froh, dass ihr Mann sie in den Armen hält. So richtig hat sie daran nicht glauben wollen. Auch wenn ihr Mann das schon angedeutet hat, wollte sie es nicht wahrhaben. Wenn aber die Polizisten sogar extra eine Untersuchung veranlassen, da ist die Vermutung, dass sich jemand an ihrem Auto zu schaffen gemacht hat, nicht so abwegig, wie sie sich selbst einreden wollte.

Die Beamten verabschieden sich. Die Hausfrau sieht ihnen nach, wie sie sich auf den Weg zu den direkten Nachbarn machen, um weitere Vernehmungen durchzuführen.

„Es wird schon nichts sein," sagt Trutchen zum Abschied, „aber Familie Flodder müssen wir hier los werden, damit wir wieder eine nette, freundliche Nachbarschaft werden.

Kapitel 57

Nach wenigen Tagen ist die gute Nachricht da, dass sich keiner an wichtigen Dingen des Fahrzeuges der Hausfrau zu schaffen gemacht hat. Dennoch ist die Hausfrau von nun an beunruhigt. Warum trifft es gerade sie? Sie versucht sich immer mit allen Menschen zu verstehen und mit keinem Menschen Streit anzufangen.

Eine Geburtstagsfeier soll sie ablenken. Herr Gomorra wird 60. Zur Feier des Tages hat er Tretboote auf einem Fluss unweit der Nachbarschaft gemietet. Das Wetter spielt mit und so begeben sich die Nachbarn in kleinen Vierergruppen auf die Boote. 10 Tretboote stören die Enten und Schwäne in ihrem beschaulichen Zuhause. Hin und wieder sieht man eine Seerose, die wie durch Zauberhand nach unten gezogen wird. Kurz darauf wird an einem der Boote herumgewerkelt, weil sich die Seerose im Antrieb verheddert hat und das Boot erst wieder freigerissen werden muss.

Die lustige Truppe genießt die Fahrt. Irene bringt das Tretboot, in dem sie sitzt, fast zum Kentern, als sie sich auszieht. Unter ihrer kurzen Kleidung trägt sie einen Bikini.

Sie springt in den Fluss und schwimmt neben den Booten her. Man merkt Irene an, dass sie sich von ihrem Auftritt mehr versprochen hat, doch es wird lediglich von allen zur Kenntnis genommen, dass sie nun schwimmt, statt wie alle anderen auf dem Wasser dahinzugleiten.

An einer schönen, großen, ebenen Fläche am Ufer legt die Geburtstagsgesellschaft eine Pause ein. Die Hausfrau hat eine Torte vorbereitet. Es kann doch keine Geburtstagsfeier ohne Torte geben, dachte sie. Teller und Besteck hat Trutchen eingepackt.

Irene kommt nach kurzer Zeit hinter einem Busch hervor. Sie trägt wieder ihre kurze Hose und ein weißes T-Shirt. Die Frustration, dass auch dieser Auftritt keine Aufmerksamkeit erregt, ist ihr ins Gesicht geschrieben.

Nachdem die Torte und ein paar Muffins von Frau Sodom verspeist worden sind, steht Irene inmitten der Gesellschaft auf und zieht sich die kurze Hose aus. Es soll sicher lasziv wirken, wie sie die Hose nach unten gleiten lässt und ihre weiße Spitzenunterwäsche zur Schau trägt, doch keiner der Nachbarn sieht hin. Alle sind in Gesprächen vertieft, reden und lachen. Irene zieht eine etwas längere Hose an und lässt sich mies gelaunt auf den Hintern fallen. Die Hausfrau schmunzelt. Ob es mit Irene jetzt immer so weiter gehen wird? Wird sie immer versuchen, sich mit derartigen Szenen Aufmerksamkeit zu sichern oder wird es ihr irgendann so lächerlich vorkommen, wie es ist?

Nach einem lustigen Tag kehrt die Hausfrau mit ihrem Ehemann nach Hause zurück. Je näher sie ihrem Haus kommen, desto mehr kehrt das Gefühl von Unbehagen zurück.

Kapitel 58

Mit der Ruhe scheint es in der Vorstadt nun vorbei zu sein. Nicht nur, dass Frau Overview sich bei jeder sich bietenden Gelegenheit auf den Balkon stellt, um zu telefonieren, sie scheint auch der Meinung zu sein, dass sie nur laut genug reden muss, damit der Gesprächspartner es auch ohne Telefon hören kann. Die Hausfrau kann in jedem Zimmer des Hauses die Gespräche auf dem Balkon mithören, ob sie dies nun möchte oder nicht.

Zu diesem Theater kommt nun noch der Tratsch, der nicht einmal mehr verdeckt wird. Sie ist wegen der vielen polizeilichen Ermittlungen im Fokus der Nachbarn. Jeder will wissen, was passiert ist und wie es weitergeht. Die Hausfrau ist sich sicher, dass Trutchen die Geschichte weiter aufgebauscht hat, als sie es ohnehin schon ist.

Traurig steht die Hausfrau an ihrem Küchenfenster. Die Hände hat sie um ihre Kaffeetasse gelegt. Obwohl der Kaffee schon lange kalt ist, spendet ihr diese Geste Trost. Sie wünscht sich doch nichts sehnlicher als eine ruhige und nette

Nachbarschaft, in der man zusammen lachen kann und für einander da ist.

Die Sirene eines Feuerwehrautos reißt sie aus ihren trüben Gedanken. Sie kann das Licht weithin sehen, obwohl die Sirene schon abgestellt ist. Es folgt kurz darauf ein weiteres Auto und ein Polizeiauto. Die Hausfrau stellt die Kaffeetasse in die Spüle und geht auf die Straße hinaus. Sie sieht, dass die Fahrzeuge alle bei Familie Flodder vor der Tür gehalten haben.

Irene gesellt sich zu der Hausfrau, als diese zum Haus von Familie Flodder hinübergeht. Keine sagt ein Wort. Es riecht nach Rauch und verbranntem Plastik. Kleine Rauchwolken steigen aus dem oberen Stock des Hauses von Familie Flodder auf. Als Irene und die Hausfrau näher an das Haus von Familie Flodder kommen, sehen sie hinter den bereits versammelten Nachbarn Familie Flodder. Alle stehen draußen und blicken auf ihr Haus.

Feuerwehrmänner rennen in das Haus und wieder hinaus. Ein Löschschlauch wird von einem der Feuerwehrmänner in das Haus getragen.

„Ich habe gehört," sagt Trutchen, die sich unbemerkt an Irene und die Hausfrau herangeschlichen hat, „dass der Große in seinem Zimmer mit Feuer gespielt hat. Um seinem Bruder dann zu zeigen, dass Feuer eine tolle Sache ist, hat er seine Hausaufgaben angezündet."

Mit offenem Mund starren Irene und die Hausfrau Trutchen an. Das kann einfach nicht wahr sein, oder? Die Hausfrau weiß, dass Trutchens Geschichten immer einen Kern von Wahrheit haben, aber wo liegt der hier?

Kapitel 59

Frau Flodder dreht sich herum und schaut genau in die Richtung, in der Irene und die Hausfrau stehen. Ihr Gesichtsausdruck verändert sich. Unerbittlicher Hass ist nun auf dem Gesicht von Frau Flodder zu erkennen. Sie sieht die Hausfrau an, als hätte diese versucht, das Haus von Familie Flodder abzubrennen. Der Gesichtsausdruck lässt der Hausfrau einen kalten Schauer über den Rücken laufen. Die Hausfrau hat weder mit dem Feuer noch mit der Anzeige beim Jugendamt zu tun. Wieso hat Frau Flodder sich derart auf die Hausfrau eingeschossen?

Die Polizei zieht die Aufmerksamkeit von Frau Flodder auf sich. Die Beamten reden mit Familie Flodder. Obwohl die Hausfrau nicht mehr dem hasserfüllten Blick von Frau Flodder ausgesetzt ist, kann sie sich nicht entspannen. Was hat sie ihr nur getan? Gibt es eine Möglichkeit, die Wogen zu glätten?

Soll sie Familie Flodder anbieten, bei ihnen zu wohnen? Zwar haben sie nicht genug Zimmer, damit jedes Kind ein eigenes

Zimmer bewohnen könnte, aber für ein paar Tage wird es sicher gehen.

„Die kommen jetzt erst einmal in ein Luxushotel," sagt Trutchen, als hätte sie die Gedanken der Hausfrau erhört.

„Wie bitte?" fragt Irene nach.

„Ja, die dürfen jetzt erst einmal in das Luxushotel Schlösschen, bis die Spuren gesichert sind und das Haus wieder instandgesetzt wurde. So kann da ja keiner drin wohnen. Alles stinkt nach verbranntem Plastik und so."

„Aber warum das Schlösschen?" fragt Irene. Es klingt so, als würde Irene es den Flodders nicht gönnen, in einem derart teuren Hotel wohnen zu dürfen. Irene hatte schon öfter mal erwähnt, dass sie dort ein Wellness-Wochenende mit Freundinnen plant, doch es war angeblich immer etwas dazwischengekommen. Die Hausfrau hatte schon lange vermutet, dass es eher eine preisliche Frage als eine zeitliche Frage war. Hat die Sache aber auf sich beruhen lassen, da es sie nichts angeht.

„Weil die anderen Hotels ausgebucht sind,"
fährt Trutchen fort, „aber könnt ihr euch die
im Schlösschen vorstellen?"

Irene und die Hausfrau schauen sich an.
Beiden denken wohl das Gleiche. Das
Personal wird auf eine harte Probe gestellt
werden. Gehört haben alle vom
Schlösschen und von den teuer
eingerichteten Zimmern, den exquisiten
Essen-Buffetts, den weißen Tischdecken
und Sofas.

„Da würde ich gerne einmal Mäuschen
spielen," sagt Irene.

Kapitel 60

Auf dem Weg nach Hause wird die Hausfrau von einer Polizeibeamtin angesprochen. „Dürfte ich Sie kurz sprechen," sagt die junge Frau zu ihr. Der Hausfrau stellen sich die Nackenhaare auf. Hat Frau Flodder nun wirklich behauptet, dass die Hausfrau das Haus von Familie Flodder angezündet hat?

„Sicher," sagt die Hausfrau, da sie ohnehin meint, keine andere Möglichkeit zu haben.

„Wollen wir vielleicht hineingehen?" fragt die junge Frau und schaut sich um, als würde sie etwas suchen. Das ungute Gefühl der Hausfrau wächst, dennoch geht sie voraus in ihr Haus. Sie bietet der jungen Frau einen Kaffee an und sie setzen sich an den Küchentisch. „Nun," setzt die junge Frau an und die Hausfrau merkt, dass es ihr unangenehm ist, dass sie diese Unterhaltung führen muss, „unsere Befragungen haben ergeben, dass Sie eine enge Beziehung zu Olaf haben." Die junge Frau versucht dem Blick der Hausfrau standzuhalten, doch es gelingt ihr nicht. Sie traut sich auch nicht direkt, die

Hausfrau zu fragen, ob sie eine Affäre mit Olaf hat.

„Ich sage es ihnen ganz deutlich," sagt die Hausfrau und ist selbst über die feste Stimme, mit der sie diese Worte ausspricht, überrascht, „ich habe und hatte auch nie eine Affäre mit Olaf. Richtig ist, dass er einmal hier war, um über seine Eheprobleme zu reden und wir uns hin und wieder zufällig im Fitnessstudio getroffen haben. Mehr jedoch nicht. Sollte es notwendig sein, können Sie gerne mein Handy auswerten oder wie auch immer das heißt."

„Das wird nicht nötig sein," sagt die junge Polizistin. „Es tut mir sehr leid, wenn ich Ihnen zunahe getreten bin, aber wenn wir derartige Hinweise erhalten, müssen wir dem natürlich nachgehen. Immerhin hätte es auch eine Beziehungstat sein können."

„Beziehungstat?" fragt die Hausfrau überrascht.

„Nun ja, entweder der Partner aus Wut darüber, dass der Ehegatte nicht verlassen wird oder der Partner, weil die Affäre beendet wurde oder die Ehefrau."

Die Hausfrau nickt, während sich in ihrem Kopf die Gedanken überschlagen. Bisher hatte sie einfach so angenommen, dass es nur Familie Flodder gewesen sein könnte, die ihr die Streiche gespielt hat. Nie hätte sie einen der anderen Nachbarn verdächtigt.

„Wie gesagt," sagt die junge Polizistin, „es tut mir sehr leid, aber wir müssen allen Hinweisen nachgehen, um denjenigen zu finden, der Sie terrorisiert."

„Ich danke Ihnen dafür," sagt die Hausfrau, während sie ihren Gedanken noch nachhängt.

Kapitel 61

„Maaaaaaaaaamaaaaaaaaa," ruft ihre Tochter wenige Tage nach dem Brand, als sie aus der Schule nach Hause kommt.

„Was ist denn passiert?" fragt die Hausfrau überrascht. Es ist Jahre her, dass ihre Tochter so aufgeregt aus der Schule gekommen ist. Die Hausfrau überlegt, was der letzte Anlass dafür war. Ihre Tochter war damals 10 Jahre alt und hatte Beulchen beim Rauchen auf dem Schulhof gesehen. Es war ein riesiges Theater an der Schule. Nicht nur, weil Beulchen noch gar nicht rauchen durfte, sondern auch oder gerade, weil er es mitten auf dem Schulhof tat. Die Hausfrau schüttelt belustigt den Kopf. Wie sich die Zeiten geändert haben, heute stellen die Kinder viel schlimmere Dinge an. Sie denkt an Familie Flodder und fragt sich, was die Kinder wohl anstellen, wenn sie erst einmal etwas älter sind und nicht mehr nur auf Bäume klettern, von denen sie herunterfallen können oder Eier aus dem Hühnerhaus des Bauern stehlen.

„Mama, das glaubst du nicht," sagt ihre Tochter und ihre Wangen sind vor Aufregung gerötet.

„Was glaube ich nicht?" fragt die Hausfrau belustigt. Sie setzt sich an den Küchentisch und ihre Tochter tut es ihr gleich.

„Du erinnerst dich an Mara? Meine Klassenkameradin?" Die Hausfrau nickt. Mara war schon vier Jahre in der gleichen Klasse wie ihre Tochter. Die beiden Mädchen waren nicht so dick befreundet, dass sie immer zusammen waren, aber hin und wieder, wenn ihre Tochter mit mehreren Freundinnen etwas unternahm, war Mara dabei. Sie schien ein nettes, ruhiges und besonnenes Mädchen zu sein. Was konnte eine wie sie schon angestellt haben, dass ihre Tochter derart aus dem Häuschen brachte.

„Maras Eltern haben ja nicht so viel Geld und deswegen arbeitet Mara am Wochenende im Schlösschen. Sie putzt und so. Ihre Mutter arbeitet ja auch da." Die Hausfrau nickt und denkt, so ein Nebenjob würde ihren Kindern vielleicht auch guttun. Immerhin merkt man dann, sein Geld zu schätzen. Wobei sie ihre Kinder auch nicht so verwöhnt wie andere. Sie wird die Sache mit ihrem Mann besprechen. Babysitten oder Zeitungen austragen wäre zum Beispiel eine Möglichkeit.

„Mara hat heute erzählt, dass Familie Flodder da wegen dem Brand wohnt, weil die Versicherung das bezahlt." Die Hausfrau nickt. Sie war der Meinung, dass sie das ihren Kindern erzählt hat, aber vermutlich war es da noch nicht spannend genug, dass ihre Kinder ihr zugehört haben. „Du glaubst gar nicht, was da jetzt los ist," fährt ihre Tochter fort.

Kapitel 62

„Die Kinder rennen durch die Gänge. Sie klopfen überall und schauen, ob die Türen aufgehen. Die anderen Gäste sind schon richtig genervt und ein paar haben schon wieder ausgecheckt. Angeblich sollen auch schon Wertsachen entwendet worden sein. Natürlich hat niemand einen Beweis, aber bisher sei das im Schlösschen noch nie vorgekommen." Die Tochter der Hausfrau zuckt mit den Achseln, als wäre sie sich nicht sicher, ob nie etwas Wertvolles abhanden gekommen ist. Die Hausfrau geht davon aus, dass in jedem Hotel schon einmal gestohlen wurde, die Frage ist nur, wie häufig und wie viel. Sie kann sich auch vorstellen, dass der ein oder andere Gast vielleicht gar nicht merkt, wenn ein Hunderter im Portemonnaie fehlt.

„Dann," fährt die Tochter fort, „hat Familie Flodder es wohl geschafft innerhalb von nur zwei Tagen das Zimmer derart zu verdrecken und vollzumüllen, dass keines der Zimmermädchen dort mehr putzen möchte. Sie würden sich lieber hinauswerfen lassen, haben sie wohl gesagt. Da sich aber wohl alle nicht benehmen können und die Kinder auch beim Essen umherrennen, wird Familie Flodder nun das Essen auf ihr Zimmer gebracht. Im Restaurant haben sie Hausverbot.

Aber das Beste kommt erst noch. Das kann man sich gar nicht vorstellen. Das Schlösschen hat doch so einen tollen, extravaganten Wellnessbereich." Die Hausfrau schließt kurz die Augen und erinnert sich an die Bilder, die sie auf ihrem Computer gesehen hat. Das Schlösschen liegt außerhalb der Gehaltsklasse ihres Mannes. Auch wenn sie gut leben können, ist das Schlösschen doch unerreichbar. Abgesehen von den zehn verschiedenen Saunas, gibt es ein Schwimmbad, ein Solebad, zwei Whirlpool, Infrarotkabinen und diverse Schönheitsanwendungen.

„Mama, hörst du mir zu?" fragt die Tochter.

„Ja, natürlich," sagt die Hausfrau und vertreibt die Gedanken an ein Wochenende voller Ruhe und Entspannung. Träume darf man ja haben.

„Also," sagt die Tochter und fängt an zu lachen. Sie lacht so ausgelassen, dass die Hausfrau mitlachen muss. Zwischen

Lachtränen presst ihre Tochter heraus: „Die Kinder von Familie Flodder haben sich verabredet und sind jeder in ein anderes Wasserbecken gegangen. Dass die Kinder alle nackt waren, fanden die anderen Gäste zwar ungewöhnlich, aber nicht schlimm. Kleidung ist ja nicht ausdrücklich vorgeschrieben, aber dann hat jedes der Kinder einen Haufen in eines der Schwimmbecken gesetzt. Da war was los, das sage ich dir."

Obwohl die Hausfrau schockiert ist, muss sie weiter lachen. Die Vorstellung, dass die ganzen Schönen und Reichen aus den Wasserbecken fliehen müssen, weil ein paar unerzogene Kinder ihre Notdurft direkt neben ihnen in das Wasser setzen, ist einfach witziger als die Überlegung zu der Schadenhöhe, die die Kinder mit dieser Aktion verursacht haben.

„Nun mussten sie da ausziehen, aber Mara wusste nicht, wohin."

Schade, denkt die Hausfrau, das wäre interessant. Andererseits, wie die Zufälle so spielen, wird sie es erfahren.

Kapitel 63

Während die Hausfrau das Unkraut auf der Terrasse zupft, muss sie unfreiwillig einem Telefonat von Frau Overview zuhören.

„Ja, das stelle dir mal vor," sagt sie gerade zu einer Person, von der die Hausfrau weder Namen noch Geschlecht kennt, „in der Öffentlichkeit. Wer macht denn so etwas? Ja, natürlich ist das ihr Grundstück und auch ihr Pool, aber ich bitte dich." Okay, denkt die Hausfrau, sie redet von Familie Sodom und Gomorra, denn sie sind die einzigen, die einen Pool im Garten haben. Einige Nachbarn haben schon oft davon gesprochen, sich einen Pool zu kaufen, doch getan hat es niemand. „Ja, ich sag es dir doch. Die hatten Sex und ich musste zusehen."

Die Hausfrau beißt sich auf die Lippen, um nicht laut loszulachen. Genau, Frau Overview musste zusehen. Man hat sie quasi gezwungen den Balkon zu bauen, mit dem sie über die Gärten der Nachbarn sehen und wachen kann.

„Ja," fährt sie fort, „es konnte einfach jeder sehen." Jeder? Fragt sich die Hausfrau selbst. Kann sie von ihrem Haus aus den Pool der Familie Sodom und Gomorra wirklich sehen? Sie wirft einen prüfenden Blick zu ihrem Haus. Okay, vielleicht aus den Fenstern, die in den Garten gehen. Soll sie ihre Tochter fragen, ob das funktioniert? Sie schüttelt den Kopf. Es interessiert sie nicht so brennend. Wenn sie wirklich wollte, könnte sie den Pool auch vom Garten aus sehen, nur eben nicht wirklich hinein. Aber würde sie das wollen? Wozu, sagt sie zu sich selbst.

„Nur weil es Nacht war? Ich bitte dich. Es sind laue Nächte und hier wohnen Kinder. Die hören das doch auch und Augen haben die auch im Kopf. Na, ich muss doch nach dem Rechten sehen, wenn hier nachts auf einmal Geräusche in den Gärten sind."

Die Hausfrau schüttelt den Kopf. Interessant, dass Frau Overview sieht, wenn Frau Sodom und Herr Gomorra nachts in ihrem eigenen Pool Sex haben, aber wenn die Haustür der Hausfrau mit Seife eingeschmiert wird oder die kleinen Deckel von ihrem Auto abgebaut werden, das bekommt sie natürlich nicht mit. Was Frau Overview wohl ihrem Gesprächspartner über die Hausfrau und ihre Familie erzählt? Die Hausfrau findet, dass ihr Leben, zumindest bis zu der Türaktion, eher langweilig war. Es wäre nichts wert gewesen, jemand anderem zu berichten, oder?

Kapitel 64

Die Arbeiten am Haus von Familie Flodder gehen voran. Den Möbeln und Müllbergen vor dem Haus nach zu urteilen, wurden alle vier Kinderzimmer leergeräumt.

Zum Leidwesen der Nachbarschaft wurde kein Container bestellt, sondern der Müll wurde einfach auf dem Gehweg abgeladen. Die Hausfrau hofft, dass die Müllabfuhr zumindest einen Teil der Sachen mitnimmt, wenn sie in drei Tagen kommt.

Unter den Sachen scheinen auch Lebensmittel zu sein, denn hin und wieder wird eine Ratte beobachtet, die mit etwas im Maul aus dem Berg hinausrennt.

Auf die Beschwerden der Nachbarn hin sagt Frau Flodder, dass das nun einmal nach einem Brand so sei, dass alles so schnell wie möglich aus dem Haus herausgetragen werden müsste und für den Brand könnte sie ja schließlich nichts.

Obwohl die Feuerwehr mittlerweile bestätigt hat, dass das Feuer in einem der Kinderzimmer ausgebrochen ist und es sich um ein absichtliches Feuer, das sich ausgebreitet hat, handelte, tut Frau Flodder weiterhin so, als wäre es eine Tragödie, für die niemand verantwortlich ist.

Eine Firma übernimmt die Renovierung des Hauses. Immerhin wird es so für einen kurzen Zeitraum hübsch aussehen, denkt die Hausfrau. Während das Haus von innen aufgehübscht wird, wird im Garten ebenfalls gearbeitet. Herr Flodder sitzt in dem großen Apfelbaum, der am Ende des Gartens von Familie Flodder steht. Mit einem, den Nachbarn unbekannten Mann, sägt und hämmert er herum.

Nach und nach können die Nachbarn erkennen, dass dort in der Baumkrone nun ein Baumhaus entsteht. Ein bisschen windschief sieht das Ganze schon aus, aber die Kinder der Hausfrau werden dort nie spielen. Aus dem Alter sind sie herausgewachsen und die Hausfrau wird sich hüten, bei Familie Flodder vorzusprechen. Sie hätte einige Verbesserungsvorschläge, damit das Baumhaus auch wirklich hält, aber sie hat schon genügend Ärger.

„Familie Flodder muss sich beeilen," sagt Irene der Hausfrau am Gartenzaun, als die beiden Frauen die Fortschritte des Baumhauses beobachten. „Nach dem Vorfall im Schlösschen will kein anderes Hotel sie nehmen und die Versicherung zahlt auch nur noch für eine Woche."

„Na, sie sind ja schon am Renovieren, da sollte es ja jetzt schnell gehen."

„Ja, das stimmt. Frau Flodder hat mir vorhin erzählt, übermorgen soll der Möbeltransporter kommen. Die Versicherung kommt für alles auf."

„Obwohl eines der Kinder gezündelt hat?" fragt die Hausfrau überrascht.

„Naja," sagt Irene, „mein Schwager arbeitet ja bei der Versicherung. Sie zahlen wohl erst einmal und prüfen dann. Wenn der Brand wirklich von einem der Kinder gelegt worden ist, kann es sein, dass die Versicherung sich das Geld zurückholt. Aber zu holen ist da sicher eh nichts."

Die Hausfrau nickt zustimmend. Was sollte man dort schon pfänden, denkt sie.

Kapitel 65

Nach einer weiteren Woche ist Familie Flodder wieder in der Nachbarschaft angekommen. Der Müll ist aber noch immer da. Die Müllabfuhr sah es nicht als ihre Aufgabe, den wahllos hingeworfenen Haufen Unrat zu entfernen. Immer mehr Tiere zerwühlen den Haufen, auf der Suche nach Nahrung oder Nistmaterial. Die Mülltonnen standen die Wochen, in denen Familie Flodder nicht hier wohnte, leer und ungenutzt herum. Zumindest ein Teil des Mülls hätte darüber entsorgt werden können.

„Ich halte das nicht mehr aus," sagt Frau Sodom zur Hausfrau, als sie sich eines Morgens im Supermarkt treffen. „Die Tiere und der Gestank. Wieso stört Familie Flodder das nicht? Das liegt doch direkt vor deren Küchenfenster. Das muss man doch merken!"

„Ich verstehe das auch nicht," sagt die Hausfrau.

„Wenn ich gleich zu Hause bin, werde ich bei der Stadtverwaltung anrufen. Die müssen etwas unternehmen."

194

„Das ist eine gute Idee," stimmt die Hausfrau zu. Gleichzeitig ist sie froh darüber, dass jemand anderes das Anschwärzen übernimmt. So kann es wirklich nicht weitergehen. „Weißt du, wie so etwas abläuft?" fragt die Hausfrau neugierig nach. Noch nie war es notwendig gewesen, einen so drastischen Schritt zu wagen. Alle Unstimmigkeiten zwischen den Nachbarn wurden intern geklärt. Selbst als das Rehlein damals einen Brunnen in den Vorgarten stellte, der nicht nur hässlich war, sondern auch extrem laut, konnte man die Angelegenheit so klären. Man setzte sich zusammen und besprach das Problem. Das Rehlein war damals sehr einsichtig und sagte, sie hätte den Springbrunnen geschenkt bekommen und hätte nicht gewusst, wohin damit. Sie selbst fand ihn ebenfalls nicht hübsch und so hatte sie eine Ausrede dem Schenker gegenüber, warum sie ihn nicht aufbauen konnte. Alle waren glücklich und zufrieden, außer vielleicht dem Schenker. Aber mit Familie Flodder war ein Reden nicht möglich. Frau Flodder wurde pöbelig und aggressiv und drehte sich die Geschichte so, wie sie sie haben wollte.

„Nein," sagt Frau Sodom, „aber nun werden wir es erleben".

Kapitel 66

„Weißt du schon, wer die Affäre von Olaf ist?" fragt ihre Tochter sie aus heiterem Himmel, während sie zusammen das Unkraut aus den Beeten im Vorgarten zupfen.

„Nein und ich weiß nicht, ob du dich damit beschäftigen solltest," sagt die Hausfrau zu ihrer Tochter.

„Na, hör´ mal Mama, ich bin alt genug, um Sex zu haben," lacht ihre Tochter, doch als sie sieht, wie die Hausfrau weiß im Gesicht wird, rudert sie schnell zurück. „Nicht, dass ich welchen hätte, aber ich weiß, was Sex ist und das Erwachsene nicht immer das tun, was sie uns Kindern sagen."

Im Kopf der Hausfrau drehen sich die Gedanken. Ihre Tochter könnte Sex haben. Muss sie sie aufklären und wenn ja wie? Wieso hat sie überhaupt so lange gewartet. Ihre Tochter hat Recht, sie könnte schon längst Sex haben. Sollte sie mit ihrer Tochter zum Frauenarzt gehen?

„Mama, hörst du mir zu?"

„Ja sicher Liebes," gibt die Hausfrau zerstreut zurück.

„Also Nele hat gesagt, sie hätte Olaf auf dem Friedhof gesehen."

„Auf dem Friedhof?" fragt die Hausfrau überrascht zurück. „Was hat denn Nele auf dem Friedhof zu suchen?" Vor dem geistigen Auge der Hausfrau tauchen Bilder von Satanisten auf, die sich auf dem Friedhof herumtreiben. Sie schaut eindeutig die falschen Reportagen im Fernsehen. Nele ist ein liebes, junges Mädchen, dass sicher nichts mit derartigen Dingen zu tun hat. Gut, sie hatte Nele auf dem letzten Sommerfest gesehen, wo ihre Tochter sie als Freundin eingeladen hat, aber so schnell würde sich doch ein Mensch nicht derart ändern, oder? Aber warum sollte sie dann auf einem Friedhof sein?

„Ihre Großmutter ist gestorben und während der Beerdigung hat sie Olaf gesehen. Sie meinte, er hätte dort einen Strauß Rosen abgelegt und lange einfach nur dagestanden. Deswegen hat sie mich gefragt, ob seine Frau gestorben ist."

„Aber ist sie ja nicht,“ das habe ich ihr auch gesagt. „Sie hat gesagt, wenn sie nächste Woche das Grab ihrer Großmutter besucht, dann schaut sie auf den Namen auf dem Grabstein.“ Die Hausfrau nickt nur. Wen mag Olaf verloren haben, von dem er niemandem erzählt hat, denn wenn er es auch nur einer Person in der Nachbarschaft erzählt hätte, wüssten es sicher alle, so gut kennt die Hausfrau ihre Nachbarn.

Kapitel 67

Wie oft wird ihre Familie wohl noch so zusammensitzen, denkt die Hausfrau. Durch die Äußerung ihrer Tochter ist sie ins Grübeln gekommen. Ihre Kinder werden immer erwachsener und bald werden sie nicht mehr jeden Sonntagmorgen zuhause sein und mit ihren Eltern frühstücken wollen. Egal, wann der Tag kommt, es wird auf jeden Fall zu früh sein.

Ein lauter Knall durchbricht ihre Gedanken. Sofort springen alle von ihren Plätzen auf und rennen hinaus auf die Straße. Niemand denkt daran, dass er noch seinen Schlafanzug trägt. Es ist immerhin erst 9 Uhr morgens und das an einem Sonntag.

Die Straßenlaterne, die schon immer vor dem Haus der Familie stand, liegt nun mehr als das sie steht. Der Grund ist das Auto von Super Mario, wie die Hausfrau den selbständigen Klempner in der Nachbarschaft nennt. Alki fand sie einfach zu gemein, auch wenn viele der Nachbarn wussten, dass er gern und viel trank. Was sagte Oma Erna am Ende der Straße immer: „Das ist so bei den Handwerkern, die trinken gerne mal einen, aber die haben doch deswegen kein Alkoholproblem."

Wie nun aber Super Mario vor seinem Auto stand und wankte, lag sicher nicht nur an dem Schreck des Unfalls. Der Mann der Hausfrau läuft zurück in das Haus und ruft den Notarzt. Mehr und mehr Nachbarn versammeln sich. Trutchen bringt Super Mario erst einmal einen Stuhl, damit er sich kurz hinsetzen kann. Wer ihm eine Tasse Kaffee in die Hand gedrückt hat, hat die Hausfrau nicht mitbekommen.

Sie besieht sich den alten Kombi, der von den Jahren und der Arbeit von Super Mario schon einige Blessuren davon getragen hat. Nun wird er es für immer hinter sich haben. Die Motorhaube ist stark eingedrückt und es scheint fast so, als wäre das Auto nun einen Meter kürzer.

Dass Super Mario diesen Aufprall anscheinend ohne Blessuren überstanden hat, erscheint der Hausfrau wie ein Wunder. Dennoch ist sie froh, als der Rettungswagen endlich vorfährt. So ein Unfall kann schließlich auch starke innere Verletzungen hervorrufen.

Die Polizei erscheint kurz nach dem Rettungswagen. Nach einer kurzen Untersuchung durch einen Rettungssanitäter lässt einer der Polizisten Super Mario pusten. Schnell geistert 3 Promille durch die herumstehenden Nachbarn. Traurig schüttelt die Hausfrau den Kopf. Wie kann jemand so verantwortungslos sein und schon am Morgen mit 3 Promille Auto fahren.

Nachdem der Rettungswagen Super Mario zur Sicherheit mit in das nächste Krankenhaus nimmt und die Polizisten ihre Befragungen der Zeugen, die alle nur von einem Knall berichten können, abgeschlossen haben, zerstreut sich die Menge.

Kapitel 68

Auf dem Weg zum Supermarkt fährt die Hausfrau an dem Haus von Familie Flodder vorbei. Ein Mann in einem teuren Anzug steigt gerade aus einem sehr neuen Mercedes. Was der wohl hier zu suchen hat?

Im Supermarkt wird die Hausfrau unfreiwillig Mithörerin eines Gesprächs von zwei anderen Frauen, die an der Kasse vor ihr stehen. Die erste Frau hat eine so durchdringende Stimme, dass jeder im Supermarkt Zeuge des Gesprächs werden muss. „Hast du schon gehört?" sagt sie in ihrer nasalen durchdringenden Stimme, „gestern haben sie meinen Klempner festgenommen."

„Nein," sagt die andere, die wenigstens in angemessener Lautstärke redet, „Festgenommen?"

„Ja, mit 3 Promille saß er am Steuer und hat mehrere Straßenlaternen umgefahren. Da haben sie ihm gleich seinen Führerschein abgenommen und nach einer

Untersuchung im Krankenhaus in einen Entzug gesteckt."

„Unglaublich."

„Naja," sagt die erste Frau wieder, „ich habe mir das ja schon immer gedacht. Immer, wenn er kam, roch er nach Schnaps und Bier. Egal zu welcher Uhrzeit. Aber es geht mich ja nichts an, also habe ich nie etwas gesagt."

„67,25 Euro," unterbricht die Kassiererin die Beiden.

Genau das ist das Problem, denkt die Hausfrau. Jeder hat es gewusst und keiner hat etwas unternommen. Sie auch nicht. Es hätte schlimmer ausgehen können. Die Straßenlaterne hätte auch ein Kind gewesen sein können. Sie dankt Gott, dass es nicht so war. Was hätte sie tun können? So einfach kann man jemanden ja nicht in einen Entzug schicken. Wieso ging das jetzt? Oder hat er es selbst gemacht, um einer höheren Strafe zu entgehen?

Den ganzen Nachhauseweg grübelt die Hausfrau weiter darauf herum. Sie wird sich informieren, was man in so einem Fall tun kann, falls sie noch einmal in diese

Situation kommt. Es soll ihr nicht noch einmal passieren, dass sie tatenlos zusieht, wie ein Alkoholiker andere Menschen in Gefahr bringt.

Während sie ihr Auto einparkt, sieht sie schon, dass etwas anders ist als sonst. Sie steigt aus und geht zu ihren Beeten im Vorgarten. Alle ihre hübschen Blumen wurden abgeschnitten. Nicht eine Blüte hat es überlebt. Traurig schüttelt sie den Kopf und ruft die Polizei. Sie kommt sich lächerlich vor, aber sie musste ihrem Mann versprechen, jede Kleinigkeit anzuzeigen, damit dieser Spuk irgendwann ein Ende findet.

Kapitel 69

Noch während die Polizei den Sachverhalt aufnimmt, geht ein markerschütternder Schrei durch die Nachbarschaft. Die Hausfrau folgt den Polizisten, die sofort losrennen. Der Schrei kommt aus dem Garten von Familie Flodder. Woher auch sonst, denkt die Hausfrau, als sie ihre Schritte verlangsamt.

Am Boden liegt Moritz, direkt unter dem Baumhaus. Oben schaut aus einem der Fenster Max heraus. Wer baut in ein Baumhaus ein Fenster, das bis zum Boden offen ist? Spielende Kinder vergessen gerne die Welt um sich herum, da könnte eines der Kinder hinausfallen.

Einer der Beamten kniet neben Moritz und untersucht ihn. Der andere ruft über Funk einen Notarzt. Unter Moritz entdeckt die Hausfrau eine Holzlatte, an deren Enden jeweils Nägel nach oben stehen. Die Hausfrau schaut erneut zum Baumhaus. Sie erkennt die Löcher neben dem Fenster. Es war wohl nicht ganz offen, aber das Brett, dass einen Sturz verhindern sollte, wurde von außen angenagelt. Traurig schüttelt sie den Kopf. Warum sind die

Kinder so häufig die Leidtragenden der Fehler ihrer Eltern.

„Was wollen Sie hier," keift Frau Flodder sie an. „War ja klar, dass sie gleich die Polizei gerufen haben."

Die Hausfrau erstarrt vor Schreck. Mit vielem hat sie gerechnet, aber damit nicht. „Die Beamten waren gerade bei mir," stammelt sie vor sich hin.

„Lügen, nichts als Lügen. Wahrscheinlich erzählen Sie den Beamten gleich, ich hätte die Blumen in ihrem Vorgarten abgeschnitten."

Im Kopf der Hausfrau überschlagen sich die Gedanken. Warum geht Frau Flodder nicht zu ihrem Sohn? Er liegt am Boden und bewegt sich nicht. Würde nicht jede vernünftige Mutter zunächst nach ihrem verletzten Kind sehen? Und wie kommt Frau Flodder darauf, dass die Hausfrau in so kurzer Zeit die Polizei hätte rufen können? Und woher weiß Frau Flodder von den Blumen in ihrem Vorgarten?

Die Hausfrau kann die Gedanken nicht richtig sortieren. Immer wieder sieht sie zu Moritz hinüber. Wie schwer ist er verletzt und warum kümmert sich seine Mutter nicht um ihn?

Die Sirene des Rettungswagens reißt sie aus ihrer Erstarrung und sie macht den Rettungskräften Platz. Die Nachbarn haben sich schon auf dem Gehweg vor dem Haus versammelt. Traurig und in Gedanken versunken geht die Hausfrau an ihnen vorbei, nicht in der Lage, auf ihre Fragen zu antworten.

Kapitel 70

Gerade einmal einen Tag nach dem unglücklichen Sturz von Moritz steht ein Möbelwagen vor dem Haus von Familie Flodder. Die Hausfrau bringt gerade die Briefe zum Postkasten, da sieht sie, wie Möbelstück um Möbelstück in den Transporter eingeladen wird.

„Du bist schuld," lacht Trutchen sie an, als sie gerade am Haus von Trutchen vorbeikommt. Trutchen steht an der Pforte zu ihrem Gehweg und schaut interessiert den Möbelpackern bei der Arbeit zu.

„Wie bitte?" fragt die Hausfrau überrascht.

„Frau Flodder hat erzählt, dass du es auf sie abgesehen hast und deswegen die Unfälle passiert sind. Du hättest das Böse in dir und würdest so etwas können. Deswegen ziehen sie jetzt weg." Die Hausfrau starrt Trutchen sprachlos an, die das Ganze äußerst amüsant zu finden scheint. Das kann nicht wahr sein, denkt die Hausfrau. „Jetzt schau´ nicht so. Wir alle wissen, dass du nichts damit zu tun hast. Die hat einfach einen Sprung in der Schüssel, aber wir sind sie so los."

„Und was ist mit den Kindern?" fragt die Hausfrau besorgt.

„Das weiß ich nicht, aber das Jugendamt ist gestern wohl in´s Krankenhaus gefahren, um die Sache zu klären. So kann es ja schließlich nicht weitergehen."

„Das stimmt," sagt die Hausfrau traurig. Natürlich ist sie froh, dass Familie Flodder auszieht. Vielleicht hören dann auch die ganzen kleinen Anschläge auf, aber um die Kinder macht sie sich Sorgen. Was soll aus ihnen nur werden?

„Na, wenn Frau Flodder denen vom Jugendamt auch erzählt, dass du sie verhext hast, werden die sicher etwas unternehmen."

„Das kann man nur hoffen," sagt die Hausfrau und macht sich auf den Nachhauseweg. Sie geht am Haus von Familie Flodder vorbei. Frau Flodder steht mit verschränkten Armen neben der Haustür und wirft der Hausfrau einen Blick zu, bei dem die Hausfrau froh ist, dass Blicke nicht töten können. Was geht in dieser Frau nur vor sich? Und wie geht es wohl dem kleinen Jungen, der hoffentlich nur unfreiwillig aus dem Baumhaus gefallen ist. Bei dieser Familie scheint irgendwie alles möglich zu sein.

Kapitel 71

„Das ist doch unfassbar, oder?" fragt Schreiberli während sich alle an den kleinen Köstlichkeiten bedienen, die die Hausfrau für den heutigen Buchclub bereitgestellt hat. Sie hat sich wie immer viel Arbeit und Mühe gemacht, doch die lobenden Worte ihrer Nachbarinnen sind es wert.

„Ja, das hätte ich ihm nie zugetraut," erwidert Trutchen.

„Naja, er hat ja schon immer seine eigene Art gehabt und ließ sich nicht an seinen Gedanken teilhaben," antwortet die Hausfrau.

„Ja," antwortet Irene. „Er lebt in seiner eigenen Welt. Aber man muss sagen, es war echt clever von ihm."

„Das stimmt," sagt Schreiberli. „Es war schon fies von ihm, aber andererseits auch nachvollziehbar. Nun hat Beate am eigenen Leib gespürt, wie es ist, wenn man betrogen wird, auch wenn es nicht so war."

„Ja, das war echt fies. Wie Beate sich wohl gefühlt hat?" sagt die junge Nachbarin, die ausnahmsweise einmal nicht auf Reisen ist, sondern bei dem Buchclub dabei ist.

„Naja," sagt Schreiberli, „sie wird sich gefühlt haben wie Olaf, als es herausgekommen ist, dass sie gerne einen anderen Mann in ihr Bett gelassen hat."

„Ja, aber wieso wusste Beate nichts von dem Tod seiner Mutter?" fragt die Hausfrau. Diese Frage ging ihr immer wieder durch den Kopf. So ein wichtiges und tragisches Ereignis im Leben teilt man doch mit seinem Ehepartner, denkt die Hausfrau. Sie würde Trost bei ihrem Mann suchen.

„Weil sie an dem Tag gestorben ist, nachdem die Sache mit der Betrügerei herausgekommen ist. Olaf sprach ein paar Tage gar nicht mehr. Wie es so seine Art ist, hat er alles mit sich selber ausgemacht. Wahrscheinlich ist ihm nicht einmal bewusst geworden, dass er sich nicht die Zeit genommen hat, um seine Mutter zu trauern."

Niemand scheint daran zu denken, wie sich Irene bei diesem Gespräch fühlen muss. Immerhin wird auch sie daran erinnert, dass ihr Mann sie betrogen hat. Es erwähnt auch niemand, dass sie ihre eigene Art hat, damit umzugehen. Eine Art, die bei den anderen Nachbarn nur noch für Belustigung und Fremdschämen sorgt. Aber ebenfalls wäre keiner der Nachbarn auf die Idee gekommen, dass Olaf alles tut, um eine Affäre vorzutäuschen, um Beate vor Augen zu führen, wie es ist, von demjenigen betrogen zu werden, dem man am Meisten vertraut.

Kapitel 72

Das Mobiltelefon gibt einen Piep von sich und es erscheint eine Pop-Up-Nachricht im Gruppenchat der Nachbarinnen. Ein einziges Wort, das viel mehr aussagt, als nur der profane Inhalt: ´Kaffee´. Dieses Wort entstand über die Zeit hinweg. Immer, wenn es etwas Neues und Spannendes gab, wurden die Nachbarinnen informiert. Aus langen Sätzen, wie und wo man Kaffeetrinken würde, um die Neuigkeiten auszutauschen wurde nun noch das Wort Kaffee.

Wie immer, wenn diese Nachricht kommt, stellt die Hausfrau ihre Kaffeetasse in die Maschine. Mit jedem Tropfen Kaffee, der in die Tasse tropft, wächst die Neugier der Hausfrau. Was kann es heute etwas so Wichtiges geben, dass Trutchen sie alle zusammentrommelt?

Kaum ist der letzte Tropfen Kaffee in der Tasse, schnappt sich die Hausfrau ihre Tasse und geht so schnell wie es mit einer vollen Tasse möglich ist, hinüber zu Trutchen. Einige andere der Nachbarinnen haben sich bereits vor dem Tor von Trutchens Gehweg versammelt.

„Also," hört die Hausfrau Irene fragen, „was ist so wichtig, dass du uns herbestellst?"

„Warte noch," sagt Trutchen und kann ihr Grinsen nicht verbergen. Die junge Nachbarin oder auch Reisevogel genannt und Schreiberli stoßen zu der Gruppe. Trutchen streckt sich, um über sie alle hinwegzusehen. Trutchen ist die kleinste der Nachbarinnen. Ob sie deswegen eine Stufe zu Beginn ihres kleinen Gehweges zur Haustür gebaut hat oder ob das eben einfach so gemacht wurde, weiß keine der Frauen, aber jedes Mal nehmen sie es mit einem leichten Kopfschütteln zur Kenntnis. Heute scheint die Stufe aber eine wichtige Rolle zu spielen. Trutchen stellt sich sogar auf die Zehenspitzen. Sie schaut hinüber zu dem Haus, aus dem gerade erst Familie Flodder ausgezogen ist.

„Jetzt umdrehen," verkündet Trutchen in einem Tonfall, der sowohl befehlend, aber auch triumphierend ist. Wie auf Kommando drehen sich alle elf Köpfe zum Haus hinüber. Vor dem Haus steht ein Möbeltransporter und gerade, als sich die Nachbarinnen umdrehen, erscheint im Türrahmen ein Mann. Ein Mann, der für Michelangelos David hätte Modell stehen

216

können. Er trägt kein Shirt und die Anstrengung des Ausräumens des Möbeltransporters hat einen leichten Schweißfilm auf seiner muskulösen Brust hinterlassen. Er streicht sich mit dem Handrücken über die Stirn in die blonden Haare, so dass sie leicht nach oben stehen. Er hebt die Hand zum Gruß. Einige der Nachbarinnen kichern wir kleine Schulmädchen. Er geht wieder hinüber zum Möbeltransporter und steigt hinein.

„Habe ich zu viel versprochen?" fragt Trutchen mit einem süffisanten Grinsen.

Kapitel 73

Der Adonis verschwindet mit einer Kommode über der Schulter im Haus. Die Frauen reden alle durcheinander, bevor sie sich schnell daranmachen, nach Hause zu kommen. Immerhin möchte jede die erste sein, die den neuen Nachbarn in der Nachbarschaft begrüßt. Wobei keine von ihnen weiß, ob er wirklich der neue Nachbar oder nur der Möbelpacker ist. Vielleicht rührt auch daher die nun entstandene Hektik. Wenn der Adonis nur der Möbelpacker ist, muss das selbstgebackene Begrüßungsgeschenk fertig sein, bevor der Möbeltransporter ausgeladen ist. Kopfschüttelnd macht die Hausfrau sich auch auf den Weg. Es wäre sicher interessant, zu beobachten, wie die anderen Frauen um den Adonis herumtänzeln, doch es wird auch viel Theater geben.

Ihre Tochter kommt gerade aus der Schule, da wird der Hausfrau klar, dass es auch eine weitere Generation in dieser Straße gibt, die durch einen möglichen Einzug eines solchen Mannes in Verzückung geraten könnte. Aber wieso sollte so ein Mann hier einziehen? Junge Leute in

218

seinem Alter leben doch eher in der Stadt und nicht auf dem Land. Er ist bestimmt nur der Möbelpacker. Die Hausfrau tut ihre Sorgen als unnötig ab.

Während ihre Tochter munter von ihrem Tag in der Schule plaudert, beginnt die Hausfrau dennoch ihre Käsekuchenbrownies zu backen. Immerhin werden die Möbel ja auf jeden Fall für einen Nachbarn sein. „Oh Mama," ruft ihre Tochter vor Verzückung, als sie erkennt, was die Hausfrau backt. „Da bekomme ich doch sicher etwas von ab, oder?"

„Du wieder," lacht die Hausfrau, „die sind eigentlich für die neuen Nachbarn, aber wie immer, werde ich die doppelte Menge machen."

„Du bist die Beste," sagt ihre Tochter und drückt ihr einen Kuss auf die Wange. Belustigt schüttelt die Hausfrau den Kopf. Ihre Tochter geht in ihr Zimmer, um mit den Hausaufgaben zu beginnen. Mittagessen gibt es erst in zwei Stunden. Die Hausfrau sieht ihrer Tochter nach. Ihre Tochter hat Glück gehabt und hat ihre Gene geerbt, das heißt, sie muss beim Essen nicht aufpassen, dennoch freut sich die

Hausfrau, wenn ihre Tochter derartige Kalorienbomben isst. Viele Mädchen in dem Alter ihrer Tochter kämpfen bereits mit den falschen Idealen der Modemagazine, aber ihre Tochter scheint davon verschont zu bleiben.

Kapitel 74

Die Hausfrau geht erst nach dem Mittagessen mit ihren Käsekuchenbrownies zum Haus von Familie Flodder hinüber. Zu ihrer Überraschung trifft sie den jungen Reisevogel und Schreiberli. Die Hausfrau hatte angenommen, dass sich die Nachbarinnen so schnell wie möglich auf den Weg machen, um dem Adonis noch zu begegnen. Irene und Trutchen waren sicher schon dort, denkt die Hausfrau.

Umso sympathischer werden ihr der Reisevogel und Schreiberli. Die drei klopfen an den Türrahmen, da die Haustür noch immer offensteht.

„Herein," ruft eine tiefe, raue Stimme von innen. Die drei Frauen sehen sich an, zucken mit den Schultern und treten ein. Im Flur liegt eine Art Teppich, der nur dem Schutz des Bodens zu dienen scheint. Die Frauen hören Geräusche aus der Küche. Sie treten ein. Vor ihnen liegt ein paar Beine. Der Adonis liegt im Schrank unter der Spüle. Bis zum Bauchnabel ist er hineingekrochen.

Ein metallisches Scheppern fährt der Hausfrau durch Mark und Bein. Das Geräusch hat sie das letzte Mal gehört, als ihr Mann versucht hat, den Abfluss zu reparieren. Nach dem Geräusch spritzte das Wasser überall hin. Es hat Stunden gedauert, bis die Küche wieder nutzbar war. Die Hausfrau wartet auf das Wasser, doch nichts passiert. Der Adonis krabbelt aus dem Schrank und lächelt.

„Oh, das Empfangskomitee," sagt er. „Ich würde Ihnen ja einen Stuhl anbieten, aber soweit bin ich leider noch nicht. Die Wasserrohre sind verstopft und ich wollte erst duschen, bevor ich auspacke," sagt er und deutet auf seinen verschwitzten Oberkörper.

„Kein Problem," sagt die Hausfrau, „wir wollten Sie nur in der Nachbarschaft willkommen heißen und da wir wissen, dass es dauert, bis die Wohnung und Küche eingerichtet ist, haben wir Ihnen etwas Nervennahrung mitgebracht."

Sie hebt zur Untermalung den Teller etwas an. Neugierig tritt er näher an sie heran und schaut, was auf ihrem Teller liegt. Die Hausfrau nimmt seinen Geruch wahr. Eine

Mischung aus Schweiß und einem After Shave, dass sie nicht kennt.

„Ich merke schon," sagt er mit einem tiefen Blick in ihre Augen, „ich werde mich hier sehr wohl fühlen."

Kapitel 75

Mit einem seltsamen Gefühl in der Magengegend macht sich die Hausfrau auf den Weg nach Hause. Sie kann es nicht richtig einordnen. Hat der Adonis gerade mit ihr geflirtet? Einer Mutter von zwei Kindern, eine Frau die bestimmt 15 Jahre älter ist als er? Und wenn es wirklich ein Flirt war, wie soll sie damit umgehen? Soll sie sich geschmeichelt fühlen? Soll sie es ihrem Mann sagen? Lieber nicht. Immerhin ist ihr Mann schon sauer genug geworden bei der Geschichte mit Olaf, wie würde er da reagieren, wenn er von dem Vorfall jetzt hören würde. Außerdem war es ja gar nichts. Es war sicher nur nett gemeint. Ein Mann wie er würde nie ein Interesse an einer Frau wie ihr hegen.

Je näher sie ihrem Haus kommt, desto mehr wird ihr bewusst, dass irgend etwas nicht stimmt. Noch kann sie nicht sagen, was es ist. Schreiberli und der Reisevogel plaudern über den Adonis. Die Hausfrau nimmt es nur am Rande wahr. Es geht um seinen Beziehungsstatus und darum, wie er wohl das Haus einrichten wird. Nichts, was für die Hausfrau wirklich von Interesse ist. Sie verabschiedet sich von den beiden Frauen und beschleunigt ihren Schritt.

Kurz bevor sie ihre Auffahrt erreicht, sieht sie, was nicht stimmt. Die Reifen, die sie sieht, haben keine Luft mehr. Sie läuft um ihr Fahrzeug herum und muss feststellen, dass alle vier Reifen keine Luft mehr haben. Einer wäre Pech, zwei wären noch möglich, aber alle vier? Das ist kein Pech, dass ist Vandalismus. Sie zieht ihr Handy aus der Hosentasche und ruft die Polizei an.

Entgegen ihrer Hoffnung und Erwartung war es nicht Familie Flodder, die ihr die Streiche gespielt hat. Wobei das Wort Streich langsam auch nicht mehr die richtige Beschreibung ist. Die Hausfrau öffnet die Haustür und ruft nach ihrem Mann. Sie informiert ihn, bevor die Polizei eintrifft. Das Fahrzeug wird erneut sichergestellt, doch die Polizei kann schon gleich feststellen, dass alle vier Reifen zerstochen wurden.

Die Hausfrau fragt sich nun ernsthaft, wer in der Nachbarschaft einen Groll gegen sie haben könnte. Familie Flodder war bisher eine plausible Erklärung für alles gewesen, doch nun scheint es nicht mehr plausibel. Derjenige muss auch an Selbstsicherheit gewonnen haben, immerhin ist heller Tag und ihre Familie war im Haus. Jederzeit hätte jemand das Haus verlassen können und den Täter sehen können. Es muss also jemand sein, der in dieser Nachbarschaft nicht auffällt. Die Hausfrau schaut die Straße nach links und nach rechts. Welcher ihrer Nachbarn könnte zu so etwas in der Lage sein?

Kapitel 76

Schon am nächsten Tag findet die Hausfrau eine Einladung für eine Einweihungsparty bei dem Adonis am Wochenende. Immerhin möchte er sich wirklich in die Nachbarschaft einfügen. Die Hausfrau legt die Einladung so, dass jedes Familienmitglied von ihr Kenntnis nehmen kann. Ihre Kinder sind alt genug, selbst zu entscheiden, ob sie an einer der Nachbarschaftsfestivitäten teilnehmen wollen oder nicht. Für ihren Mann und sie sind es eher Pflichttermine, wenn nichts anderes geplant ist. Wie das so ist in der Vorstadt: Es gehört sich so.

Während sie überlegt, ob es eine gute Idee ist, ihre Tochter entscheiden zu lassen, ob sie mitkommen möchte oder nicht, wobei eher die Überlegung ist, ob es klug ist, ihrer Tochter einen solchen Mann vorzustellen, klingelt das Telefon. Die Polizei informiert sie, dass ihr Fahrzeug abholbereit sei. Alle Spuren seien gesichert und man gehe nun den Spuren nach. Auf ihre Nachfrage, welche Spuren das denn seien, bekommt sie nur eine ausweichende Antwort.

„Wir würden gern Ihr Haus überwachen,“ sagt der Polizist am anderen Ende der Leitung.

„Wie bitte?“ fragt die Hausfrau überrascht zurück. Wieso sollte man ihr Haus überwachen wollen. Sie hat doch nichts angestellt.

„Nun,“ erklärt ihr der Polizist, „die Vorfälle werden riskanter, sowohl für Sie als auch für den Täter. Er wird mutiger und wir befürchten, nun ja, wie soll ich es sagen? Wir befürchten, dass er Sie bald persönlich angreifen wird.“ Die Beine der Hausfrau geben nach. Sie bekommt gerade noch den Stuhl neben sich zu fassen und lässt sich darauf sinken. Ihr wird schwarz vor den Augen und ihr Herz beginnt zu rasen. Will wirklich jemand aus der Nachbarschaft, dass sie stirbt? Bisher hat sie nicht wahrhaben wollen, dass es wirklich so weit gehen kann. Es waren Streiche, die zwar störend waren und Geld kosten, aber nichts, was ihr Leben wirklich bedrohen würde. Vielleicht übertreibt der Polizist auch.

„Dürfen wir heute Nachmittag die Kameras installieren?" reißt der Polizist sie aus ihren Gedanken.

„Sicher," gibt sie tonlos zurück, bevor sie das Telefon sinken lässt. Das kann einfach nicht wahr sein. Es muss ein Albtraum sein und sie muss einfach nur aufwachen. Sie zwickt sich in den Oberarm, doch außer einem Schmerz passiert nichts.

Kapitel 77

Ein unangenehmes Gefühl breitet sich in der Hausfrau aus. Techniker in grauen Overalls installieren diverse Kameras, die so klein sind, dass sie mit bloßem Auge kaum zu erkennen sind. Gruselig, wenn man darüber nachdenkt, dass jeder so eine oder mehrere Kameras irgendwo installieren könnte, um seine Mitmenschen zu beobachten. Selbst der kleine Gartenzwerg mit seiner Schaufel wird umfunktioniert. Ein kleiner Spion im Namen der Gerechtigkeit, denkt die Hausfrau. Sie versucht, das unangenehme Gefühl abzuschütteln, aber es will ihr nicht so recht gelingen.

Die ruhige, nette Nachbarschaft, die sie immer so sehr schätzte, in der sie ihre Kinder aufgezogen hat, erscheint nun in einem ganz anderen Licht. Sie war so froh gewesen, als der Tod im Schwimmbad aufgeklärt war und sie ihre Nachbarn nach den vielen Spekulationen wieder als die netten Menschen sehen konnte, die sie waren. Nun musste sie sich erneut mit der Tatsache auseinandersetzen, dass nicht alle ihre Nachbarn so nett sind, wie sie erscheinen.

„Hier," sagt einer der Männer in grau und zeigt auf ein Tablet, dass in der Küche installiert wurde, „haben sie alle Kameras im Blick. Das Bild wird aber auch live zu uns übertragen. So muss kein Kollege 24 Stunden am Tag hier bei ihnen sein, sondern kann in der Zentrale sitzen." Die Hausfrau nickt stumm. „Wir haben es so eingestellt, dass sie nur die Bilder sehen können, aber die Einstellungen nicht ändern können. Das macht der Kollege in der Zentrale." Wieder nickt die Hausfrau stumm. Sie selbst möchte ihre Nachbarn nicht ausspionieren. Immerhin zeigen die Kameras nicht nur die Auffahrt und den Vorgarten, sondern auch die Straße. Die Kameras zeigen links und rechts einige Meter der Nachbarschaft, wo man sich eigentlich unbeobachtet fühlen sollte. Naja, zumindest nicht von einer Kamera beobachtet, sondern nur von den neugierigen Nachbarn.

„Sobald sie etwas sehen," rufen sie uns an, „wobei wir davon ausgehen, dass der Kollege dann schon die richtigen Schritte unternommen hat."

„Okay," sagt die Hausfrau und hofft, dass das alles bald vorbei ist.

Die Männer in Grau verabschieden sich und lassen die Hausfrau mit ihren Gedanken und dem Tablet allein. Ein Blick darauf verrät ihr, dass Trutchen sich eine Sonnenblume aus dem Beet von Irene klaut. Belustigt schaut die Hausfrau zu, wie Trutchen versucht, so unauffällig wie möglich mit ihrer Beute nach Hause zu gelangen. Sie nimmt sich einen Stuhl und setzt sich vor das Tablet.

Kapitel 78

Die Hausfrau ist erleichtert, dass ihre Tochter den Abend der Einweihungsparty lieber mit ihren Freundinnen, Popcorn und Schnulzenfilmen verbringen möchte. Noch träumt ihre Tochter von einem Märchenprinzen und das ist gut so. Sie wird schnell genug herausfinden, dass Männer nicht so sind, wie es die Hollywoodfilme zeigen. Wie gerne würde sie ihrer Tochter den ersten Liebeskummer ersparen, der sicher nicht mehr so lange auf sich warten lassen wird.

„Müssen wir da wirklich hin?" fragt ihr Mann, der in letzter Zeit immer weniger Wert auf die Gesellschaft der Nachbarn zu legen scheint. Darauf angesprochen, sagt er stets, dass dies nicht so sei, das würde sich die Hausfrau nur einbilden. Nur zu gerne würde sie wissen, woran es liegt. Es ist nicht so, dass er auf den Feiern keinen Spaß hätte, nur das Hingehen selber ist immer etwas unter Protest.

„Du weißt, dass es sein muss. Sonst reden sie nachher nur über uns und dass bei uns etwas nicht stimmt." Er murmelt etwas in seinen nicht vorhandenen Bart, während er die letzten Knöpfe seines Hemdes zuknöpft. Die Hausfrau schmunzelt. Manchmal ist er wie ein kleiner Junge, denkt sie, legt die Arme um seinen Nacken und drückt ihm einen Kuss auf den Hinterkopf. Er nimmt ihren rechten Arm und zieht sie vor sich. Er küsst sie leidenschaftlich.

„Vielleicht könnten wir auch etwas später hingehen," murmelt er zwischen zwei Küssen.

„Was ist denn nur los mit dir," lacht die Hausfrau und gibt ihm einen Klaps auf die Schulter.

Er gibt sie frei, gibt ihr aber noch einen Klaps auf den Hintern und sagt: „Na, bei so einer attraktiven Frau, da darf man es ja wenigstens mal versuchen, oder? Aber andererseits," sagt er, während er sie von oben bis unten mustert, „ist Vorfreude ja auch die schönste Freude." Er setzt ein spitzbübisches Grinsen auf, dass das Herz der Hausfrau zum Schmelzen bringt.

„Ich liebe dich," sagt sie.

„Und ich liebe dich," gibt er zurück. Er gibt ihr einen Kuss auf die Nase und noch einen

Klaps auf den Po, „und nachher gibt es keine Ausreden."

Kapitel 79

„Was ist denn hier los?" flüstert ihr Mann ihr zu, als sie den Garten des Adonis betreten. Die Hausfrau traut ihren Augen auch kaum. Nicht die schöne Dekoration, die vielen Stehtische, die Tanzfläche oder das große Buffett macht die Beiden sprachlos, sondern die Outfits der anderen Nachbarinnen. Die Hausfrau zuckt mit den Schultern, viel zu überrascht, um das, was sie sieht, zu kommentieren. Neben den vielen, jungen Leuten, die sicher die Freunde des Adonis sind, sehen die Nachbarinnen alle so aus, als wären sie auf einer Gala. Eine mehr in Schalte geworfen als die Nächste. Geschminkt und frisiert, als wären sie für einen Laufsteg in Mailand oder Paris gebucht.

„Und trotzdem," sagt ihr Ehemann, als ob er ihre Gedanken erraten würde, „bist du hier die Schönste von allen." Obwohl sie sich geschmeichelt fühlt, fragt sie sich, was heute mit ihrem Mann los ist. Er legt einen Arm um sie und gemeinsam begeben sie sich zu den anderen Gästen. Wie zu erwarten, ist der Adonis von vielen hübschen Frauen umgeben, sodass sich

236

die Hausfrau und ihr Ehemann eine persönliche Begrüßung schenken.

„Was für eine Feier, was?" sagt Irene zu der Hausfrau. Irene ist ihrer neuen Art treu geblieben und trägt ein Top, welches derart weit ausgeschnitten ist, dass sie sicher bei jeder Bewegung aufpassen muss, dass keine der Brüste hinaushüpft. Der Rock, den sie trägt, hätte die Mutter der Hausfrau als breiteren Gürtel bezeichnet. Er ist derart eng, dass Irene auf ihren High Heels nur herumtippeln kann. Auch wenn die Hausfrau sich underdressed fühlt, fühlt sie sich sicher wohler als Irene in ihrem engen Outfit. Es verspricht ein spannender Abend zu werden.

„Habt ihr gesehen," sagt Schreiberli, als sie zu Irene und der Hausfrau tritt, „es gibt sogar Wraps mit Scampi. Der junge Mann lässt sich wirklich nicht lumpen." Zur Überraschung der Hausfrau hat auch Schreiberli sich extra herausgeputzt. Sie trägt nicht so ein Outfit wie Irene, das nach Aufmerksamkeit schreit und eher wie eine Dame des horizontalen Gewerbes aussieht, aber sie trägt ein teuer aussehendes cremefarbenes Cocktailkleid, mit passender Handtasche

237

und Pumps. Eine kleine Brosche auf der rechten Brust unterstreit die Exquisität des Outfits. Was ist hier heute nur los, fragt sich die Hausfrau. Wo sind ihre lieben Nachbarn, die auch mal in Jeans feiern gehen oder in einem einfachen Sommerkleid?

Ihr Mann reicht ihr einen Cocktail und sie versucht, sich trotz der skurrilen Eindrücke zu entspannen. Schließlich ist sie zum Feiern hier.

Kapitel 80

Die Party wird von Blaulicht unterbrochen, das von der Straße her in den Garten scheint. Wie ein Lauffeuer verbreitet sich die Neuigkeit und immer mehr Partygäste machen sich auf den Weg zur Straße. Alle wollen aus erster Hand erfahren, was hier passiert ist.

Vor dem Haus der Hausfrau steht ein Streifenwagen. So schnell ihr Mann und sie können, laufen sie hinüber. Schon nach wenigen Schritten hören sie jemanden Zeter und Mordio schreien. Je näher sie an ihr Haus kommen, desto klarer werden die Worte.

„Sie ist der Teufel," brüllt die Frau, die zwei Polizisten versuchen zu beruhigen. Sie tritt um sich und versucht die Beamten zu beißen. „Sie ist an allem schuld. Sie hat meine Kinder verhext. Deswegen passieren ihnen so schlimme Dinge." Die Hausfrau erkennt die Stimme von Frau Flodder. Nur in ein Bettlaken gehüllt kämpft sie um ihre Freiheit, doch die Beamten halten sie fest, ringen sie zu Boden und legen ihr Handschellen an. Frau Flodder versucht sich zu winden und den Beamten, der nun auf ihr kniet, abzuschütteln, doch er ist zu schwer für sie. Sie keift weiter, während der zweite Beamte auf die Hausfrau und ihren Mann zukommt, die in sicherem Abstand die Szene beobachten.

„Guten Abend," sagt der Polizist, „wir waren gerade auf Streife, als wir per Funk benachrichtigt wurden, dass sich jemand an ihrem Fahrzeug zu schaffen macht. Sie lag unter ihrem Auto mit einer Zange. Wir werden morgen überprüfen, was sie genau gemacht hat, aber jetzt nehmen wir sie erst einmal mit." Geschockt nickt die Hausfrau. Sie wusste, dass Frau Flodder nicht ganz normal war, aber dieser Auftritt zeugt eher von einer Geisteskrankheit als von einer nur verschrobenen Nachbarin. „Vermutlich wird sie die Nacht in der Psychiatrie verbringen," sagt der Beamte. „Morgen Vormittag kommen dann die Kollegen," sagt er, tippt an seine Mütze und macht sich daran, mit seinem Kollegen Frau Flodder auf den Rücksitz des Polizeiautos zu setzen.

Der Ehemann legt einen Arm um seine Frau, die leicht zittert. Sie weiß nicht, ob es vor Angst oder vor Erleichterung ist, immerhin weiß sie nun, wer es war und da

Frau Flodder auf frischer Tat ertappt wurde, wird sie vielleicht auch eine Strafe bekommen, die sie davon abhält, weiter gegen die Hausfrau vorzugehen.

Sie gehen zu den anderen Gästen zurück, die noch immer auf der Straße stehen. „Es tut mir leid," sagt die Hausfrau zu dem Adonis, „dass wir die Party gesprengt haben."

„Gesprengt? Sowas Aufregendes kann man nicht mit Geld aufwiegen. So wird jeder noch nach Wochen über meine Party sprechen," lacht der junge Adonis und die Hausfrau ist sich nicht sicher, ob er es ernst meint. „Aber," fügt er hinzu, „jetzt schuldest du mir einen Tanz."

Kapitel 81

Sie spürt seine muskulösen Arme durch sein Shirt. Sie spannen sich bei jeder Bewegung an, wenn er sie in eine Richtung dreht. Der Duft seiner Haut steigt ihr in die Nase. Sie ist sich nicht sicher, ob es ein Aftershave oder sein eigener Geruch ist, doch es riecht himmlisch.

Er lässt sie los, zieht sich das Shirt über den Kopf und wirft es auf einen Tisch. Erst jetzt sieht sie, dass dort das Tischtuch Feuer gefangen hat. Anscheinend hat einer der Gäste eine Kerze umgeworfen. Nachdem die Gefahr gebannt ist, nimmt er sie wieder in seine Arme. Viel zu dicht zieht er sie an sich. Sie kann seine Bauchmuskeln spüren. Ihre linke Hand liegt nun auf seiner nackten Schulter. Gerne würde sie ihre Hand über seinen Rücken wandern lassen, aber sie ist verheiratet. Er lehnt sich vor und sie schreckt aus dem Traum hoch. Sie benötigt einen Moment, um sich zu orientieren. Sie liegt in ihrem Bett neben ihrem Mann, der leicht schnarcht. Das tut er immer, wenn er Alkohol getrunken hat. Es ist ein leichtes, rhythmisches Schnarchen, von dem er selbst nie aufwacht.

Seine Hand liegt auf ihrem Bauch und sie spürt die Warme auf ihrer Haut. Wie kann sie von dem jungen Adonis träumen, wenn sie doch einen richtigen Mann hier direkt neben sich liegen hat? Vorsichtig hebt sie seine Hand beiseite und stiehlt sich aus dem Bett. Sie braucht einen Tee, um ihre Nerven zu beruhigen.

In der Küche schimmert ein Licht. Es dauert einen Moment, bis ihr einfällt, dass das Tablet mit den Kameras noch immer angeschlossen ist. Zwar hat die Polizei Frau Flodder festgenommen, doch die Techniker waren noch nicht da, um die Kameras zu deinstallieren. Im Schein des Tablets füllt sie einen Wasserkessel und stellt ihn auf den Herd. Diese Art des Teekochens erinnert sie an ihre Kindheit. Immer, wenn es ihr schlecht ging und sie eine Wärmflasche oder einen Tee brauchte, hatte ihre Mutter den alten Wasserkessel auf den noch älteren Gasofen gestellt und das kleine Pfeifen, das er von sich gab, wenn das Wasser kochte, war irgendwie auch ein Signal dafür, dass es ihr bald wieder besser gehen würde.

Während sie wartet, schaut sie auf das Tablet. Die Straße liegt ruhig im Schein der Straßenlaterne. Sie kann ein paar Motten im Licht der Lampe tanzen sehen. Alles ruhig, denkt sie gerade, als eine Person mit Hut und Mantel einen schweren Sack über den Gehweg zieht. Sie kann nicht erkennen, wer es ist oder was er hinter sich herzieht. Fest umklammert sie ihre noch leere Tasse und hofft, dass niemand von den Kameras weiß und die Polizei die Überwachung noch nicht eingestellt hat.

Kapitel 82

„Duuuuuuuuuuuu," reißt ihre Tochter sie aus ihren Gedanken. Die Hausfrau sitzt noch immer am Küchentisch und hat nicht bemerkt, dass der Tag schon begonnen hat. Sofort ist sie hellwach. Jedes Gespräch, das mit einem sehr langgezogenen „du" anfängt, enthält eine Bitte, welcher die Hausfrau nur ungern nachkommt.

„Was möchtest du dieses Mal," fragt die Hausfrau daher, um das Gespräch abzukürzen, denn sie hätte schon längst mit dem Zubereiten des Frühstücks anfangen müssen, damit ihre lieben Familienmitglieder alle pünktlich zur Arbeit bzw. in die Schule kommen.

„Es ist nichts Schlimmes," fährt ihre Tochter fort und die Hausfrau ist sofort alarmiert. Es ist nichts Schlimmes bedeutet meistens doch genau das Gegenteil. Sie seufzt und macht sich daran, den Tisch zu decken.

„Dann kannst du es mir ja auch gleich sagen, ohne lange um den heißen Brei herumzureden," versucht die Hausfrau erneut das Gespräch möglichst kurz zu halten. Sie hat nach dieser schlaflosen Nacht keine Energie, lange Diskussionen zu führen.

„Okay," sagt ihre Tochter betont leise. Sie strafft die Schultern und atmet hörbar tief ein. „Ich möchte eine große Geburtstagsparty im Garten feiern." Beinahe wäre der Hausfrau das Marmeladenglas aus der Hand gefallen. Noch nie hat ihre Tochter auch nur eine Andeutung gemacht, dass sie eine große Party zu ihrem Geburtstag feiern möchte. In den letzten Jahren waren immer ein paar Freunde vorbeigekommen und sie hatten irgendwelche Spiele gespielt und nebenbei Pizza gegessen. „Ich werde immerhin nur einmal 16 Jahre alt," setzt ihre Tochter nach. Die Hausfrau spürt einen kleinen Stich in ihrem Herzen. Ihre Tochter wird schon 16 Jahre alt. Wo ist die Zeit geblieben? Sie ist schon fast erwachsen. „Ich dachte, wir könnten draußen feiern und Papa grillt uns Würstchen und Fleisch und jeder würde einen Salat oder Brot oder so zu einem Buffett mitbringen."

„Du möchtest, dass Papa auf deiner Party dabei ist?" fragt die Hausfrau überrascht und gleichzeitig enttäuscht. Immerhin hat ihre Tochter nicht gesagt, dass sie auch ihre Mutter auf ihrer Feier haben möchte.

„Na klar. Ihr seid ja eh da, da könnt ihr mir auch helfen."

„Wir?" hakt die Hausfrau nach.

„Ja, ich dachte, du könntest mir beim Dekorieren helfen und zwischendurch immer mal sehen, ob es an etwas fehlt und Geschirrspüler einräumen und so." Die Hausfrau nickt nachdenklich. „Darf ich?" drängelt ihre Tochter.

„Ich werde heute Abend mit deinem Vater darüber sprechen," sagt die Hausfrau. Sie versucht jeglichen Gedanken von betrunkenen Teenagern, die wild herumknutschen oder wilderes Tun zu verdrängen. Immerhin würden sie und ihr Mann die Horde beaufsichtigen, da würde doch nichts Schlimmes passieren können, oder?

Kapitel 83

Nachdem die Kinder zur Schule gegangen sind und ihr Mann zur Arbeit, sitzt die Hausfrau in der Küche. Ihre Gedanken sind gefangen von den Beobachtungen der Nacht. Sie ist sich sicher, dass die Person mit dem Sack kein Traum war. Sobald sie die Augen schließt, sieht sie die Person vor ihrem inneren Auge. Immer wieder versucht sie einen Anhaltspunkt zu finden, der ihr verraten könnte, wer die Person ist und was sich in dem Sack befunden haben könnte.

Ihre Hand wandert immer wieder zu ihrem Telefon. Nervös tippen ihre Finger abwechselnd auf dem Tisch und auf dem Telefon. Schließlich wählt sie doch die Nummer der Polizei, um ihre Beobachtung zu melden. Sonderlich interessieren tut es jedoch den Beamten am Telefon nicht. Unbefriedigt legt die Hausfrau ihr Telefon wieder auf den Tisch. Was soll sie nun tun?

Das Klingeln der Tür erschreckt sie fast zu Tode. Sie hat die Kameras aus dem Blick gelassen und nicht gesehen, dass sich jemand dem Haus nähert. Mit zittrigen Händen dreht sie sich zu dem Tablet um.

Erleichterung durchflutet sie, als sie Irene auf dem Monitor erkennt. Zwar hat sie keine Lust auf ein Gespräch mit ihr, aber Irene ist immerhin harmlos.

Mit weichen Knien macht sich die Hausfrau auf den Weg zur Haustür. Irene lächelt sie mit jenem falschen Lächeln an, das die Hausfrau schon so häufig an ihr gesehen hat, dass es fast zu Irene zu gehören scheint.

„Ach meine Liebe, wie schön, dass du da bist," flötet Irene und auch in ihrer Stimme ist unüberhörbar die Falschheit vorherrschend. Die Hausfrau atmet tief durch und setzt ein Lächeln auf, das hoffentlich nicht so falsch wirkt, wie es ist.

„Irene," sagt sie, „was kann ich für dich tun?"

„Nun," sagt Irene, „ich möchte dich um einen Gefallen bitten." Das hat sich die Hausfrau schon gedacht, was sonst würde Irene zu ihr führen. Also lächelt die Hausfrau einfach weiter und wartet ab, bis Irene ausspricht, weswegen sie wirklich hier ist. „Wir fahren nächstes Wochenende nach Berlin und es wäre schön, wenn du einen Blick auf unsere Jungs hättest. Du weißt ja, wenn die Katze aus dem Haus ist, tanzen die Mäuse auf dem Tisch." Die Hausfrau nickt.

„Ich verstehe, bin mir aber nicht sicher, wie ich dir da helfen kann," gibt die Hausfrau zurück.

„Ach, nichts Schlimmes. Nur, dass die Partys nicht ausarten."

„Partys?" fragt die Hausfrau überrascht. Irene sagt es, als wäre es etwas Selbstverständliches.

„Ja, ich gehe davon, dass die Jungs eine oder zwei veranstalten werden und ich möchte nur, dass jemand zur Not den Rettungswagen oder die Feuerwehr ruft." Irene lacht, als mache sie einen Witz, doch die Hausfrau weiß, dass Irene sich wirklich Sorgen macht und nur versucht, ihre Angst zu überdecken.

„Ja, keine Sorge. Wir sind ja da," gibt die Hausfrau zurück und Irene verabschiedet sich. Die Hausfrau schließt kopfschüttelnd die Tür. Das wird ein spannendes Wochenende.

Kapitel 84

Schon während die Hausfrau den Salat für das gemütliche abendliche Grillen vorbereitet sieht sie aus dem Küchenfenster die Partygäste der Nachbarsjungen kommen. Bepackt mit Alkoholflaschen und Chips gehen oder fahren sie zur Haustür. Die Hausfrau erkennt die Flaschen und ist sich nicht sicher, ob sie etwas unternehmen sollte. Immerhin sind nicht alle der Partygäste schon volljährig. Sie beschließt, sich um ihr eigenes Leben zu kümmern, immerhin haben auch diese Kinder eigene Eltern.

Als sie nur eine Stunde später mit ihrer Familie auf der Terrasse sitzt, ist der Lärm aus dem Nachbargarten nicht zu überhören. Die Hausfrau versucht es auszublenden, als ihre Tochter plötzlich sagt: „Also wenn ich feiern darf, gibt es aber keinen Alkohol."

„So?" fragt ihr Vater überrascht nach.

„Ja," sagt die Tochter und klingt dabei wirklich ernst, „ich möchte keine solche Party." Sie deutet auf den Garten der Nachbarn. „Wo jeder sich nur betrinkt und

mit irgendjemandem herumknutscht. Am nächsten Morgen tun dann alle so, als wäre nichts gewesen und sie könnten sich an nichts erinnern. Ich möchte einfach einen netten Abend mit meinen Freunden mit Grillen und dem einen oder anderen Spiel."
Die Hausfrau ist irritiert und stolz zu gleich. Ihre Tochter ist eine gute Tochter, das weiß sie. Sie hätte aber nicht erwartet, dass ein Mädchen in ihrem Alter wirklich eine Feier ohne Alkohol feiern wollen würde.

„Bist du dann nicht uncool?" fragt der Sohn der Hausfrau und spricht damit aus, was wohl alle am Tisch denken.

„Das ist mir egal. Es ist schließlich mein Geburtstag und den kann ich feiern, wie ich möchte und nicht, wie andere es möchten, oder?"

„Da hast du recht," sagt die Hausfrau und drückt die Hand ihrer Tochter. „Dann verrate uns doch mal, an wie viele Gäste du gedacht hast?"

Bevor die Tochter antworten kann, werden sie von einem Geräusch unterbrochen, das unverkennbar zeigt, dass einer der Partygäste sich bereits jetzt sein Essen durch den Kopf gehen lässt. Zum Entsetzen der Hausfrau tut er dies über den Zaun hinweg in ihrem Garten.

„Na, das wird morgen ein unschönes Erwachen, wenn die das wegmachen," sagt ihr Mann und beißt beherzt in sein Kotelett.

Kapitel 85

Nach dieser Aktion wird es auf der anderen Seite des Zaunes deutlich ruhiger. Bevor die Hausfrau nach dem Essen in ihr Haus geht, sieht sie noch einmal über den Zaun. Ein paar Gäste sitzen friedlich um den Gartentisch und spielen Karten. Von den anderen ist nichts mehr zu hören oder zu sehen. Sie geht mit einem guten Gefühl ins Bett.

Ohne, dass es einer Aufforderung bedurfte, beobachtet die Hausfrau am nächsten Morgen mit ihrer Tasse Kaffee in der Hand von der Terrasse aus, wie der junge Mann, der sich gestern über den Zaun hinweg übergeben hat mit Wasser und Putzlappen dabei ist, die Überreste seiner unfreiwilligen Magenentleerung auf dem Rasen und dem Zaun zu beseitigen. Das Klirren von Glas und Porzellan zeigt, dass auch andere Gäste dabei sind, die Überbleibsel der Party zu beseitigen. Die Hausfrau schmunzelt. Ob es den Kindern eine Lehre war?

Sie hört ihre eigenen Kinder im Haus und kehrt in die Küche zurück, um mit ihnen zu frühstücken. Auch, wenn sie nicht mitgefeiert haben, sind sie nicht wirklich gesprächig. Wenigstens erzählt ihr Mann nach seiner ersten Tasse Kaffee, dass er bald für eine ganze Woche auf Geschäftsreise gehen muss. So lange waren sie noch nie getrennt, seit sie verheiratet sind, denkt die Hausfrau. „Es wird komisch sein," sagt er und drückt ihre Hand. Sie nickt und fragt sich, wie komisch es sein wird. „Sobald ich das Datum weiß, sage ich dir Bescheid." Die Hausfrau nickt nur.

Ihre Gedanken schweifen zu der Person im Mantel mit dem Müllsack ab. Noch immer hat sich die Polizei nicht gemeldet.

„Ach Mama," spricht ihre Tochter nun doch endlich ein Wort, „wäre es okay, wenn ich auch Nachbarn zu meiner Party einlade?"

„Du willst Nachbarn einladen?" fragt die Hausfrau überrascht.

„Ja, aber keine Alten," sagt ihre Tochter und schiebt dann gleich hinterher, „also keine, die meine Eltern sein könnten." Die Hausfrau nickt nur. Es schmerzt sie etwas, dass ihre Tochter sie für alt hält, aber so ist es dann wohl jetzt. Die Generation ihrer

Tochter wird erwachsen und da ist ihre Generation jetzt alt.

„Es ist deine Party,“ sagt sie und versucht ihre Gefühle auszublenden. „Du darfst einladen, wen du möchtest.“

„Sehr gut, dann lade ich den neuen Nachbarn ein.“ Die leichte Röte auf ihren Wangen zeigt, dass sie den Nachbarn nicht nur gesehen hat, sondern ihn mindestens genauso attraktiv findet wie fast alle Frauen in der Nachbarschaft. Ein ungutes Gefühl breitet sich im Inneren der Hausfrau aus. Sie beruhigt sich etwas, als ihr wieder einfällt, dass ihre Tochter sie und ihren Mann gebeten hat, bei der Party anwesend zu sein. Es wird also nichts passieren, was eine 16-jährige nicht tun sollte.

Kapitel 86

Auch nach zwei Wochen hat die Hausfrau noch immer keine Nachricht von der Polizei wegen des Vorfalls mit der Person im Mantel mit dem Müllsack. Die Hausfrau ruft erneut an, um sich zu versichern, dass ermittelt wird, doch ihr wird mitgeteilt, dass es keinen Anlass für eine Ermittlung gäbe. Auf ihre weitere Nachfrage, was mit den Kameras sei, teilt man ihr mit, dass es keinen Vermerk darüber gäbe, dass bei ihr noch Kameras installiert seien. Es werde also keiner kommen, um sie abzubauen. Die Hausfrau schüttelt den Kopf, verkneift sich aber eine Erwiderung. Wenn es nicht in den Akten steht, dann kann es ja auch nicht so sein. Auch wenn sie mitteilt, dass noch eine – wie sie vermutet – teure Videoausstattung bei ihr verbaut ist. Wenn es nicht in den Akten steht, dann darf es nicht sein und wird ignoriert.

Sie blickt auf das Tablet und überlegt, was sie nun tun soll. Vielleicht ist es wirklich nicht wichtig gewesen und irgendein Nachbar hat nur Müll entsorgt. Es wird auch eine einfache Erklärung geben, warum dies nachts geschehen muss. Sie legt das Tablet mit dem Bildschirm nach unten auf die Küchenzeile. Vielleicht ist es besser, wenn sie es nicht weiter beachtet. Ihre Nachbarn verdienen es nicht, dass sie sie beobachtet. Außerdem ist sie sich nicht sicher, ob sie so viel über ihre Nachbarschaft erfahren will, wie ihr die Kameras zeigen würden. Ist Unwissenheit vielleicht doch ein Segen?

Schluss jetzt, mahnt sie sich selber und arbeitet an ihrer Einkaufsliste weiter. Es gibt viel zu tun. Morgen ist die Party ihrer Tochter und noch hat sie weder eingekauft noch etwas vorbereitet. Bis gestern Abend war sich ihre Tochter nicht sicher, wie viele Freunde wirklich kommen würden. Die Ansage, dass die Eltern anwesend sein würden und es keinen Alkohol gibt, scheint doch einige der Gäste abgeschreckt zu haben.

Eine Nachricht auf ihrem Smartphone zeigt ihr, dass sich nun doch alle Gäste entschieden haben, die Feier nicht verpassen zu wollen und sich die Gästeanzahl daher um einiges erhöht hat. Auch der Adonis hat zugesagt. Die weiblichen Gäste werden sicher aus dem Häuschen sein. Hoffentlich kommen die jungen Männer damit klar. Sind sie nicht genau in dem Alter, in dem man seine Hormone nicht unter Kontrolle hat und versucht einen auf stark und männlich zu machen?

Wenn ihr Mann nicht am Tag nach der Party auf Geschäftsreise müsste, würde sich die Hausfrau richtig auf die Party freuen.

Kapitel 87

Die Hausfrau traut ihren Augen nicht. Während sich die Gäste ihrer Tochter beim Wikingerschach amüsieren oder noch immer das Buffet plündern, tritt Irene mit einem Minirock in den Garten, unter dem sich ihre Pobacken zeigen. Das Top, das sie trägt, ist durchsichtig und zeigt, dass sie keinen Büstenhalter trägt. Im Arm trägt sie einen Korb, der mit Folie verpackt ist. Schon auf die Entfernung kann die Hausfrau erkennen, dass in dem Korb Alkoholflaschen sind. Ihre Tochter entdeckt Irene ebenfalls. Ihr Gesichtsausdruck wechselt von überrascht zu schockiert zu angewidert.

Schnell macht sich die Hausfrau auf den Weg, um Irene abzufangen, doch ihre Tochter ist schneller. Irene gratuliert ihr überschwänglich und umarmt sie herzlich, als wären sie schon ewig befreundet. Die Hausfrau merkt, wie unangenehm ihrer Tochter diese Begegnung ist, hält sich aber zurück. Immerhin ist es die Party ihrer Tochter. Sie hört, wie ihre Tochter sagt, dass die Party ohne Alkohol stattfindet.

„Ach, das ist doch nicht dein Ernst," sagt Irene und drückt ihr den Korb in die Hand. Nun tritt die Hausfrau doch neben ihre Tochter. Wenigstens moralisch will sie sie unterstützen. Ihre Tochter gibt ihr den Korb weiter.

„Kannst du den bitte irgendwo im Haus abstellen?"

„Sehr gerne," sagt die Hausfrau und zögert kurz. Ihre Tochter signalisiert ihr mit einem Blick, dass sie die Situation alleine klären wird. Die Hausfrau nickt und bringt den Korb hinein. Der Inhalt ist teuer und eher etwas für Kenner. Welcher 16-jährige trinkt Rum und Whiskey mit Genuss. Jede Flasche dürfte weit über 60,00 Euro gekostet haben. Die Hausfrau schüttelt den Kopf über so viel Unverstand. Was bringt Irene auf die Idee, dass so ein Geschenk angemessen für ihre Tochter oder überhaupt für jemanden zum 16ten Geburtstag wäre?

Sie hört, wie Irene schimpft und zetert, während sie am Haus vorbeigeht. Die Hausfrau hat keine Ahnung, was ihre Tochter gesagt hat, aber sie ist froh, dass Irene so zügig die Party verlässt.

„Sie wollte zu Adonis," sagt ihre Tochter, als die Hausfrau wieder hinaus in den Garten tritt. Die Hausfrau nickt, als wäre keine weitere Erklärung notwendig. Der Aufzug von Irene ließ keine wirkliche Interpretation ihrer Absichten offen.

„Eine tolle Party," sagt der Adonis, der hinter der Hausfrau in den Garten tritt. Er muss unbemerkt von der Hausfrau im Bad gewesen sein.

„Vielen Dank," sagt die Tochter der Hausfrau, „aber ohne meine Mutter hätte ich das mit Sicherheit nicht geschafft." Die Hausfrau winkt ab. Es ist ihr unangenehm, im Mittelpunkt zu stehen. Ihre Tochter geht zu ihren Freunden zum Wikingerschach, während der Adonis neben der Hausfrau stehenbleibt. Sie kann seinen Geruch auf die Entfernung wahrnehmen. Sie widersteht dem Drang, die Augen zu schließen und ihn einzusaugen.

Kapitel 88

„Das hast du wirklich super hinbekommen," sagt der Adonis zu ihr.

„Ach," winkt sie ab, „das ist doch gar nichts. Außerdem wird man ja nur einmal 16."

„Das stimmt," sagt er und sie hört den wehmütigen Ton in seiner Stimme. Sie schaut ihn an und sieht es ebenfalls in seinen Augen. Er scheint sich an seine Zeit zurückzuerinnern, als er selbst 16 Jahre alt war. Dabei ist er sicher noch nicht so alt, dass er sich alt fühlt, denkt sie. Sie weiß nicht, was sie sagen soll. Ein leichtes Lächeln bildet sich auf seinen Lippen. Sind ihr die Grübchen vorher nicht aufgefallen oder waren sie einfach nicht da? Seine Augen beginnen zu strahlen und er sieht aus, als wäre er gerade erst wieder 16 Jahre alt. Ohne Ankündigung rennt er los. Sie folgt ihm mit ihren Blicken. Ein paar der Jungen haben begonnen, ein Spiel zu spielen, das der Hausfrau noch unbekannt ist. Sie lachen und rufen wild durcheinander. Es sieht spaßig aus und die Hausfrau ist beruhigt, dass alles so gut läuft.

Ihr Mann steht am Grill und winkt ihr gut gelaunt zu. Sie winkt zurück und beginnt, das dreckige Geschirr zusammenzuräumen, das nicht mehr gebraucht wird. Wie ihre Tochter vermutet hat, geht immer mal wieder jemand zum Buffet und auch eine Wurst vom Grill wird immer noch einmal gerne gegessen, aber der größte Andrang ist vorbei, so kann die Hausfrau die erste Ladung Geschirr in den Geschirrspüler räumen. Vielleicht wird es später noch gebraucht.

„Mama," ruft ihre Tochter, während sie gerade den Geschirrspüler einräumt.

„In der Küche," antwortet sie. Ihre Tochter kommt in die Küche und umarmt sie. Die Hausfrau ist überrascht, erwidert aber die Umarmung.

„Danke," sagt ihre Tochter und so schnell sie gekommen ist, ist sie auch wieder verschwunden. Die Hausfrau sieht ihr nach. Wie oft wird ihre Tochter sie wohl noch umarmen? Sie ist jetzt 16 Jahre alt. Die Momente, in denen sie sich so nah sein werden, werden weniger werden. Mit Wehmut räumt sie weiter den Geschirrspüler ein, während das Lachen

264

der Jugendlichen aus dem Garten an ihre Ohren dringt.

Sie tritt wieder in den Garten, um zu sehen, was noch zu tun ist, da sieht sie, wie ihre Tochter sich mit dem jungen Adonis unterhält. Sie stecken die Köpfe zusammen und lachen. In der Hausfrau steigen verschiedene Gefühle auf. Sie macht sich Sorgen, denn der junge Adonis ist um einiges älter als ihre Tochter. Sie selbst wäre im Alter ihrer Tochter auch von dem Adonis fasziniert zu werden, aber junge Männer im Alter des Adonis´ können einem auch schnell das Herz brechen.

Ihre Tochter dreht sich um und widmet sich wieder einer kleinen Gruppe von Mädchen, die die Hausfrau als ihre Freundinnen kennt, während der Adonis mit den Jungs weiterspielt. Vielleicht macht sie sich umsonst Sorgen, denkt die Hausfrau.

Kapitel 89

Die Mädchen himmeln den Adonis an. Sie kann es genau sehen. Sie kann es verstehen. Er ist attraktiv und dennoch nicht so unnahbar, wie die Männer, von denen Mädchen im Alter ihrer Tochter träumen. Wenn sie ehrlich zu sich selber ist, weiß sie, dass nicht nur Mädchen in dem Alter ihrer Tochter von einem solchen Mann träumen.

Nicht nur, dass er den Körper eines Adonis hat, er ist auch nett und sympathisch. Er gibt jedem Gesprächspartner das Gefühl, dass er wichtig ist und er sich wirklich nur auf das Gespräch konzentriert. Bevor die Hausfrau ihren Mann kennenlernte, hatte sie andere Dates. Oft hatte sie dabei das Gefühl, dass die Männer mit den Gedanken ganz woanders waren. Wie schön war es da, als sie die erste Verabredung mit ihrem Ehemann hatte und er wirklich an ihr interessiert war. Ist das heute auch noch so?

„Ich werde gehen," sagt der Adonis und reißt sie damit aus ihren Gedanken. „Es ist spät und ich möchte den Jugendlichen nicht ihre Party verderben." Die Hausfrau schaut in sein Gesicht und versucht herauszufinden, wie diese Aussage gemeint ist. Den Mädchen wird sein Gehen sicher nicht gefallen, die Jungen hingegen werden Gott dafür danken, dass die Mädchen nun auch Interesse an ihnen zeigen werden. „Vielen Dank noch einmal für die Einladung," sagt er und umarmt sie zum Abschied. Es ist nicht ungewöhnlich, dass sich die Nachbarn zur Begrüßung und zum Abschied umarmen, aber er ist neu und er riecht so verdammt gut.

„Das war meine Tochter," sagt sie und hört das Zittern ihrer Stimme selbst. Hoffentlich ist es ihm nicht aufgefallen. Er lässt sich nichts anmerken, winkt den Gästen noch einmal zum Abschied und schon ist er in der Dunkelheit verschwunden.

Gegen zwei Uhr morgens scheinen auch die nächtlichen Gelüste auf Wurst gedeckt zu sein, so dass ihr Mann den Grill ausschaltet. Sie räumt noch das letzte dreckige Geschirr in die Spülmaschine und neues, sauberes Geschirr auf das Buffett, bevor sie in´s Bett geht.

„Weißt du noch?" sagt ihr Mann, „als wir so jung waren?"

Sie rollt mit den Augen: „Erinnere mich nicht daran." Sie zieht sich gerade ihr Nachthemd über die Schultern, als er sich direkt hinter sie stellt. Er legt ihre Arme um ihre Taille und küsst sie auf den Nacken. Das Lachen der Jugendlichen dringt durch das Fenster zu ihnen hinein.

Kapitel 90

Die Hausfrau ist angenehm überrascht, als sie am nächsten Morgen feststellt, dass ihre Tochter mit den Partygästen das grobe Chaos der Party bereits beseitigt hat. Das dreckige Geschirr steht in der Küche, die Reste des Essens sind ordentlich verpackt im Kühlschrank verstaut. Vorsichtig stößt sie mit dem Fuß die Tür zum Gästebad auf. Auch hier scheint es so, als wäre niemand dort gewesen. Doch die Freude darüber, dass das Haus und der Garten nicht über Nacht im Chaos versunken sind, ist nur von kurzer Dauer, als ihr Blick auf das Flugticket ihres Mannes fällt, das am Kühlschrank hängt.

So leise wie möglich räumt sie den Geschirrspüler aus und gleich wieder ein, bevor sie beginnt, das Frühstück vorzubereiten. Es wird komisch sein, so lange von ihrem Mann getrennt zu sein und es wird komisch sein, nachts allein im Bett zu liegen. Ob sie überhaupt schlafen können wird?

Eine Bewegung auf der Straße zieht ihre Aufmerksamkeit auf sich. Der Adonis joggt bereits. Er scheint ebenso ein

Morgenmensch zu sein wie sie. Obwohl es noch frisch draußen ist, trägt er kein T-Shirt, so dass sie sogar auf die Entfernung seinen durchtrainierten Oberkörper sehen kann. Er kommt gerade zurück, der Schweiß rinnt ihm über die Muskeln. Er schaut in ihre Richtung und hebt die Hand zum Gruß. Sie winkt zurück und betet, dass er auf die Entfernung nicht sehen kann, dass ihr die Schamesröte in die Wangen steigt. Sie benimmt sich ja schon wie ein Teenager.

Die Kaffeemaschine gibt einen leisen Piepton von sich und holt sie zurück in die Wirklichkeit. Sie wendet den Blick ab, um sich einen Kaffee einzuschenken. Als sie den Blick wieder hebt, ist er verschwunden, als wäre er nur ein Traum gewesen. Sie braucht dringend ein Hobby, das sie von derartigen Dingen ablenkt. Sie ist doch kein Kind mehr und sie liebt ihren Mann, von dem sie gerade hört, wie er in das gemeinsame Badezimmer geht.

Sie stellt die Pfanne auf den Herd, erhitzt das Öl und verquirlt das Ei. Zum Abschied gibt es heute arme Ritter. Ihr Mann liebt arme Ritter zum Frühstück, während ihre Kinder lieber nur Cornflakes essen würden.

270

Doch auch wenn über ein richtiges Frühstück gemosert wird, essen sie alle mit genauso viel Appetit belegte Brötchen oder arme Ritter, wie Cornflakes mit Zucker und Milch.

Kapitel 91

Der Adonis legt seine Hände unter ihr Gesäß und hebt sie auf die Arbeitsplatte. Er schiebt sich zwischen ihre Beine und zieht sie dichter an sich heran. Sie legt den Kopf in den Nacken, um es ihm zu ermöglichen, an ihrem Hals zu knabbern. Vor Schreck fährt sie hoch. Sie fühlt sich wie gerädert. Ein Traum nach dem anderen lässt sie hochschrecken. Nicht eine Stunde am Stück hat sie geschlafen. So schwer hat sie sich eine Nacht ohne ihren Mann nicht vorgestellt.

Es ist noch dunkel, doch sie gibt auf. Es bringt nichts. Sie möchte nicht mehr träumen, zumindest nicht mehr von dem Adonis. Was stimmt nur nicht mit ihr? Sie wirft sich einen Strickmantel über und geht hinunter in die Küche. Eine Tasse Kaffee wird helfen.

Während die Maschine vor sich hinarbeitet, sitzt die Hausfrau einfach nur da und starrt in die Luft. Was kann sie tun, um diese Träume loszuwerden? Ja, er ist attraktiv, aber Attraktivität ist nicht alles. Ein leises Pochen an der Haustür lässt sie hochschrecken. Müde steht sie auf. Ein

Blick durch den Türspion lässt sich noch mehr erschrecken. Da steht er, der Adonis. Woher weiß er, dass sie schon wach ist und was möchte er um diese Uhrzeit hier? Sie zieht ihren Strickmantel enger um sich und öffnet leise die Tür.

„Guten Morgen," flüstert er.

„Guten Morgen," flüstert sie zurück. Er trägt eine Jogginghose, Joggingschuhe und zur Erleichterung der Hausfrau ein T-Shirt.

„Ich dachte, wo du schon wach bist, möchtest du vielleicht eine Runde mit zum Laufen gehen?" flüstert er weiter. Woher weiß er, dass sie schon wach ist und woher weiß er, dass sie Laufen geht? „Ich habe dich durch dein Küchenfenster gesehen," fährt er fort, als er ihren fragenden Blick sieht. „Alleine ist das Laufen so langweilig und da du mit den anderen Frauen auch zum Laufen gehst, dachte ich, ich versuche mal mein Glück." Er setzt ein Lächeln auf und sie muss grinsen. Wenn er wüsste, was der Lauftreff der Frauen tatsächlich ist, würde er sicher die Hände über dem Kopf zusammenschlagen. Sie schüttelt den Kopf. „Ach komm," sagt er, „gibt dir einen Ruck."

Er hatte ihr Kopfschütteln falsch gedeutet, denn sie war mit den Gedanken bei dem leckeren Kuchen. Sie will die Träume von ihm loswerden, wenn sie jetzt mit ihm Laufen geht, werden sie dann besser oder eher noch schlimmer? Vielleicht träumt sie nur von ihm, weil sie Zeit mit ihm verbringen will. Was ist an einer Runde Laufen schon schlimm?

„Na gut," sagt sie, „willst du kurz reinkommen, während ich mich umziehe?"

„Nein, danke. Ich warte hier." Sie nickt, lässt die Haustür aber einen Spalt auf, falls er es sich anders überlegt.

Kapitel 92

Die Luft ist angenehm und die Straßen sind noch leer. Die ganze Vorstadt scheint noch zu schlafen. Hin und wieder hört man einen Uhu, doch sonst ist es ruhig. Nur ihre Schritte auf dem Asphalt durchschneiden die Ruhe. Es ist ein angenehmes Geräusch, da es rhythmisch ist.

Es beruhigt die Hausfrau. Links, rechts, links, rechts. Obwohl sie kürzere Beine hat als der Adonis und somit kleinere Schritte machen muss, scheinen sich ihre Schritte zu harmonisieren und ihre Füße jeweils gleichzeitig auf dem Asphalt anzukommen.

Obwohl es anstrengend ist, bei dem Tempo des Adonis mitzuhalten, beruhigt das Laufen ihre Gedanken und ihr rasendes Herz. Ihr Puls passt sich ihren Schritten an. Sie atmet die kühle Morgenluft ein und fühlt sich seit langer Zeit einfach nur frei, frei von allem. Das Gefühl ist noch befreiender als auf dem Laufband. An jedem Tag als sie allein mit der Musik für sich lief.

Obwohl sie heute nicht alleine ist, kommt es ihr so vor. Es kommt ihr seltsam vor, weil es doch dem Adonis gerade darum ging, nicht allein zu laufen. Doch auch er scheint in seiner eigenen Welt zu sein. Versunken in seinen eigenen Gedanken.

Mit jedem Schritt wird es heller. Der Tag bricht an. Ein paar einzelne Vögel erwachen und stimmen ein Lied zum Beginn des Tages an. Vielleicht sollte sie öfter so früh laufen gehen. Es ist wirklich herrlich.

„Danke, dass du mitgekommen bist," sagt der Adonis zu ihr als sie bei ihm vor dem Haus angekommen sind. „Das sollten wir auf jeden Fall öfter machen."

Sie winkt ihm nur und läuft weiter zu sich nach Hause. Obwohl sie mit dem Tempo mithalten konnte, hat sie Angst, dass das Keuchen ihrer Stimme bei einer Antwort verraten könnte, dass sie nicht so fit ist, wie er denkt. Immerhin ist sie um einiges älter als er und ihr Körper würde sie sofort verraten.

Wenn sie nicht gerade zufrieden mit sich und der Welt wäre, würde sie sich über sich selbst ärgern, weil es ihr egal sein sollte, was er von ihr und ihrem Alter denkt. Sie möchte sich aber auch gerade keine Gedanken darüber machen, ob sie öfter mit ihm Laufen gehen möchte oder nicht und was er mit seiner Einladung erreichen möchte.

Kapitel 93

Am Nachmittag sind die Kinder mit ihren Freunden unterwegs. Die Hausarbeit ist erledigt und die Hausfrau hat Zeit für ihren neuen Roman. Mit einer Tasse Tee macht sie es sich in ihrer Hollywoodschaukel im Garten bequem. Die Sonne scheint, auch wenn es schon merklich kühler ist als in den letzten Wochen. Der heiße Tee und die warmen Sonnenstrahlen passen perfekt zu ihrem neuen Buch. Gerade schlägt sie die erste Seite auf als der Adonis um die Ecke schaut. „Klopf, Klopf," ruft er und grinst. „Ich habe mir gedacht, dass du bei dem Wetter hier draußen bist."

„Komm rein," sagt sie und winkt ihn in den Garten. „Möchtest du einen Tee? Oder etwas anderes?" fragt sie. „Nein, danke," winkt er ab. Sie nimmt die Füße vom Sitz und macht ihm so Platz neben sich. Er setzt sich und gibt der Hollywoodschaukel Schwung. Sein herrlicher Duft steigt ihr in de Nase. „Ich wollte dich was fragen," setzt er an, als ein lautes, schrilles und langgezogenes „Hey" die Aufmerksamkeit der Beiden auf sich zieht. Irene steht bei der Hausfrau im Garten, als wäre es selbstverständlich. Dabei kann sich die

Hausfrau nicht erinnern, wann zuletzt einer der Nachbarn einfach so bei ihr im Garten stand. Entweder waren sie eingeladen oder klingelten an der Haustür.

„Was treibt ihr beiden hier denn so?" fragt Irene und zupft ihren ohnehin schon viel zu kurzen Rock noch etwas nach oben. Ohne Aufforderung nimmt sie sich einen Stuhl und setzt sich dicht an den Adonis, der keine Anstalten macht, die Hollywoodschaukel anzuhalten. Irene schaut neugierig von einem zum anderen.

„Ich wollte gerade gehen," sagt der Adonis und schaut entschuldigend zur Hausfrau hinüber, die kaum merklich mit den Schultern zuckt. „Wir sehen uns," sagt er, ohne dass klar ist, wen er genau meint. Die Hausfrau erwartet, dass nun auch Irene gehen wird, doch weit gefehlt. Irene springt auf und nimmt neben der Hausfrau Platz. Als der Adonis außer Hörweite ist, fragt sie: „Und? Was läuft da bei euch?"

„Nichts," sagt die Hausfrau und verbirgt ihre Entrüstung über die Frage nicht.

„Na, sag schon," gibt Irene nicht auf. „Ich habe euch heute morgen gesehen."

„Na und?" fragt die Hausfrau zurück und versucht gelangweilt zu klingen. Ihr war noch nicht die Idee gekommen, dass die Nachbarn sie beobachtet haben und aus einem harmlosen Lauf eine Affäre machen würden. „So so, stille Wasser sind tief und schmutzig," sagt Irene und lässt mit dem Klang ihrer Stimme keinen Zweifel daran, dass sie der Hausfrau nicht glaubt.

„Wie du meinst," sagt die Hausfrau nur, da sie keine Lust auf ein derartiges Gespräch hat. Sie wird Irene eh nicht von ihrer fixen Idee abbringen. „Na, dann hast du sicher ja auch nichts dagegen, wenn ich mein Glück versuche," sagt Irene.

„Viel Erfolg wünsche ich dir," sagt die Hausfrau und verkneift sich, Irene auf ihren Ehemann hinzuweisen. Auf ein derartiges Gespräch hat sie schon zweimal keine Lust. Außerdem fragt sich die Hausfrau schon, was Irene noch versuchen möchte, um den Adonis von ihr zu überzeugen.

280

Kapitel 94

Die Haustür wird so sehr zugeknallt, dass die Hausfrau es bis in den Garten hört. Sie geht hinein, um nach dem Grund des Knallens zu sehen. Sie hört beim Betreten des Hauses das Stampfen ihrer Tochter die Treppe hinauf. Noch nie hat ihre Tochter ein derartiges Verhalten an den Tag gelegt. Die Hausfrau folgt ihrer Tochter. Sie klopft an die geschlossene Tür, erhält jedoch keine Antwort. Sie öffnet die Tür und dankt ihrem Mann, dass er nie erlaubt hat, dass die Kinder ihre Zimmerschlüssel bekommen.

Ihre Tochter liegt auf dem Bauch auf ihrem Bett. Das Gesicht in die Kissen gedrückt. Die Füße hängen über die Bettkante. „Geh´ weg," brüllt ihre Tochter in das Kissen.

Die Hausfrau denkt nicht daran, ihre Tochter so zurückzulassen. Sie geht weiter hinein und setzt sich auf die Bettkante. Mit einer Hand streicht sie ihr über den Rücken. „Was ist denn los?"

Ihre Tochter setzt sich so ruckartig auf, dass die Hausfrau vor Schreck fast von der Bettkante fällt. „Was los ist?" brüllt ihre

Tochter und ihr Gesicht ist gerötet vor Zorn und Tränen. „Du bist los."

„Ich?"

„Ja, du hast eine Affäre mit Adonis." Die Hausfrau schaut ihre Tochter ungläubig an. Wie kommt sie denn darauf? Wenn ihre Tochter nicht so wütend und verzweifelt wäre, wäre es zum Lachen.

„Schätzchen," versucht sie ihre Tochter zu beruhigen. „Ich habe keine Affäre und erst recht nicht mit Adonis."

Ihre Tochter wischt sich mit dem Ärmel die Tränen von den Augen: „Aber Emma hat es mir in der Schule erzählt. Die dumme Kuh hatte eine diebische Freude daran, mir zu erzählen, dass mein Schwarm lieber mit meiner Mutter schläft als mit mir."

Die Hausfrau nimmt ihre Tochter in den Arm. Sie hatte es befürchtet, dass ihre Tochter sich in den Adonis verguckt hat und er ihr das Herz brechen würde, aber sie hatte nie gedacht, dass ihre Tochter so etwas von ihr denken würde. „Schätzchen, glaube mir, ich habe keine Affäre mit ihm. Abgesehen davon, dass er viel zu jung ist, liebe ich deinen Vater von ganzem Herzen.

282

Ich glaube Emma ist einfach nur eifersüchtig. Immerhin war er auf deiner Geburtstagsparty und auf ihrer nicht."

Ihre Tochter lehnt sich zurück und schnieft noch einmal: „Meinst du wirklich?"

„Natürlich. Außerdem bist du viel hübscher als Emma und auch wenn es dir nicht aufgefallen ist, der ein oder andere junge Mann auf deiner Party hat ebenfalls ein Auge auf dich geworfen. Das wird nicht nur mir aufgefallen sein."

„Es tut mir leid," sagt ihre Tochter und drückt sie noch einmal an sich. Die Hausfrau streicht ihrer Tochter über die Haare.

„Hauptsache, wir sprechen darüber," sagt die Hausfrau, „und nun werde ich uns etwas Leckeres kochen."

Kapitel 95

Das Emoji einer Tasse Kaffee signalisiert ihr, dass es bei Trutchen am Gartenzaun neuen Tratsch gibt. Manchmal passt es einfach, denn die Kaffeemaschine lässt gerade den letzten Tropfen in die Tasse fallen. Wie schaffen es nur einige der anderen Hausfrauen vor ihr da zu sein? Ihr Kaffee war schon fertig und sie muss nur kurz über die Straße laufen, dennoch ist unter anderem Irene bereits vor ihr an der Pforte von Trutchen.

„Das ist schon die vierte heute," sagt Trutchen und deutet über die Straße zum Haus des Adonis. Er steht mit freiem Oberköper in der Tür und verabschiedet eine junge Frau. Sie drückt ihm einen Briefumschlag in die Hand, bevor sie mit beschwingten Schritten zu ihrem Auto geht und davonfährt. „Ich habe es genau beobachtet," fährt Trutchen fort. „Sonst kam hin und wieder mal eine Frau, aber heute ist es besonders schlimm. Aber ich habe ja auch nicht immer Zeit am Fenster zu stehen und die Nachbarn zu beobachten"

Die Blicke gehen zwischen den Frauen hin und her, doch keine traut sich, den letzten Satz von Trutchen zu kommentieren. Alle wissen, dass sie nichts Besseres zu tun hat und es ihr Lebensinhalt ist, die Nachbarn zu beobachten und ihre Beobachtungen mit den anderen Nachbarn zu teilen. Gerne übertreibt sie bei ihren Geschichten, daher ist sich keine der Nachbarinnen sicher, ob es heute wirklich schon die vierte Frau ist. Da biegt ein anderes Fahrzeug in die Auffahrt des Adonis. Eine Frau im Alter der Hausfrau steigt aus und geht zielstrebig auf die Tür zu. Der Adonis öffnet ihr. Dieses Mal trägt er ein T-Shirt. Er sieht die Frauen auf der anderen Straßenseite und winkt ihnen zu. Einige wenden sich verschämt ab, andere winken zurück.

„Also wirklich," sagt Trutchen und versucht pikiert zu klingen, „das hier war immer eine ordentliche Nachbarschaft und nun wohnt so etwas hier."

„So etwas?" fragt Schreiberli nach.

„Na ist das nicht offensichtlich?" fragt Trutchen zurück. „Er ist ein Callboy." Sie sagt es, als wäre es eine unumstößliche Tatsache. Für einen Moment herrscht

285

Stille. Jede scheint für sich die Möglichkeit zu überdenken, bevor erneut wild durcheinander gesprochen wird. Der Hausfrau wird es zu laut und chaotisch. Eigentlich geht es sie nichts an, was andere in ihren eigenen vier Wänden tun, aber wenn er wirklich ein Callboy sein sollte, muss sie mit ihrer Tochter darüber reden.

Kapitel 96

Nach einer schlaflosen Nacht macht sich die Hausfrau auf den Weg zu dem Adonis. Es lässt ihr keine Ruhe. Nicht, weil sie ihn verurteilen würde, wenn er ein Callboy ist, sondern weil sie sich Sorgen um ihre Tochter macht.

Er öffnet ihr mit einem strahlenden Lächeln die Tür. Sofort macht er einen Schritt zur Seite, damit sie eintreten kann. Eigentlich möchte sie nicht in das Haus gehen. Die Nachbarn reden schon genug, aber das ist kein Thema, das man an der Haustür bespricht.

„Schön, dass du kommst," sagt er. „Ich wollte dich etwas fragen," sagt er, doch sie hebt die Hand, um ihn zu unterbrechen.

„Ich muss dich zuerst etwas fragen," sagt sie und er schaut sie neugierig an. Sie atmet einmal tief durch, schließt die Augen und fragt ihn geradeheraus: „Bist du ein Callboy?"

Er beginnt so laut zu lachen, dass sie die Augen öffnet. Lacht er sie aus, weil es ihr so unangenehm ist, diese Frage zu stellen? Er wischt sich eine Träne aus dem rechten Augenwinkel und versucht, sich zu beruhigen. „Bitte, setz dich," sagt er und deutet auf das Sofa. Sie wirkt unsicher. Wenn er wirklich ein Callboy ist, wer weiß, was da schon alles drauf passiert ist. „Ich bin kein Callboy," sagt er und setzt sich auf das eine Ende des Sofas. Sie nimmt am anderen Ende Platz. „War das das Thema gestern?" fragt er gut gelaunt. Sie nickt und schaut beschämt zu Boden. „Das Vorstadtleben ist wirklich klasse," sagt er.

Sie schaut auf. Er wirkt weder sauer noch beschämt, sondern einfach nur amüsiert. „Na, nun schau doch nicht so ernst," sagt er. „Wer in die Vorstadt zieht, der weiß, dass Klatsch und Tratsch an der Tagesordnung sind. Es gehört dazu wie die Sonne zum Sommer."

„Es stört dich nicht, was die Anderen über dich denken?" hakt sie nach.

„Genau, es stört mich nicht. Ich sehe es sogar eher als Sport an, ihnen etwas zum Tratschen zu geben, was nicht der Wahrheit entspricht. So kann mein Leben privat bleiben. Wobei ich nicht gedacht habe, dass man mir so etwas zutraut." Die

Hausfrau denkt darüber nach. Vielleicht hat er nicht ganz unrecht. „Und nun zu meinem Gefallen," sagt er. „Ich bin selbstständig und benötige Hilfe bei meinem Papierkram und bei meiner Wäsche."

„Wäsche?" fragt sie überrascht.

„Nicht, was du denkst. Ich bin Visagist und Frisör. Ich arbeite von hier aus, weil ich nur sehr spezielle Kundinnen habe. Kundinnen, die behaupten, nie zu einem Frisör oder Visagisten zu gehen." Er deutet auf einen großen runden Korb, aus dem Handtücher herausschauen. „Die Damen wollen die Handtücher so kuschelig weich wie neu und die Make-Up-Flecken sind sehr hartnäckig. Und bei dir ist es immer so ordentlich und deine Wäsche strahlt ja förmlich. Da dachte ich, vielleicht hättest du etwas Zeit, um mir zu helfen. Natürlich bezahle ich dich auch." Der Hausfrau gehen alle möglichen Gedanken durch den Kopf, doch es kristallisiert sich einer heraus: Ich komme hierher, um einen Callboy zur Rede zu stellen und gehe mit einem Jobangebot.

„Warum nicht," sagt sie schließlich.

289

Kapitel 97

„Du braucht einen Wasserfilter," erklärt die Hausfrau dem Adonis.

„Ich brauche was?" fragt er überrascht.

„Einen Wasserfilter. Ich nehme die Handtücher erst einmal mit zu mir und wasche sie dort. Wir haben hier sehr hartes Wasser. Ist dir das noch nicht aufgefallen? An besonders schlimmen Tagen kannst du nach dem Duschen einen leichten Kalkfilm auf der Haut sehen. Wenn du mit dem Wasser ohne Zusätze Handtücher oder Wäsche wäscht ist es kein Wunder, dass das alles so hart wird. Wir haben einen Wasserfilter und ich wasche zusätzlich noch mit Soda. Dann werden die Handtücher nicht nur strahlend weiß, sondern auch noch kuschelig weich."

„Ich wusste, ich habe die Richtige gefragt," gibt der Adonis zurück. Die Hausfrau weiß nicht, wie sie diese Aussage deuten soll. Sie könnte es als Kompliment nehmen, aber irgendwie zeigt es auch, dass er sie nur als Hausfrau sieht, die genau das versteht: den Haushalt führen. Andererseits, was interessiert es sie, was der Adonis denkt. Eine leise Stimme in ihrem Kopf sagt ihr, dass es sie interessiert, weil er symbolisch für andere Menschen steht. Sie hat Angst, dass alle sie nur als Hausfrau wahrnehmen und nicht als vollständigen und selbständigen Menschen. „Und ich bin dir echt dankbar, dass du für mich auch die Buchhaltung machst," fügt er hinzu. „Ich bin für so etwas einfach nicht geschaffen."

„Ist das nicht oft so, bei kreativen Menschen," gibt sie zurück. Vielleicht ist das die Chance, sich sinnvoll zu beschäftigen. Sie hat es schon immer geliebt, sich um den ganzen Papierkram zu kümmern. Hier kann sie beweisen, dass sie nicht nur Hausfrau und Mutter ist. Sie würde sofort als Buchhalterin anfangen. Kann sie das überhaupt? Sie hat keine Erfahrung mit so etwas, nur mit der eigenen Buchhaltung. Aber sie ist nicht auf den Kopf gefallen, wenn sie sich richtig reinkniet, wird sie es schnell schaffen. Soviel wird da sicher auch nicht zusammenkommen.

„Ich wusste vom ersten Tag an, dass du meine Lieblingsnachbarin sein wirst," sagt er und schließt sie in die Arme. Wieder dieser vertraute Geruch. Warum kann er nicht einmal stinken, wie andere Menschen. Dann würde er endlich aus ihren Träumen und Phantasien verschwinden. „Ich bringe dir dann die Tage die Kartons mit den Unterlagen."

„Kartons?" fragt sie argwöhnisch und auch etwas verunsichert, doch er lacht nur. „Keine Sorge, es sind nur zwei und an sich sind sie alle chronologisch sortiert. Ich habe immer das Neuste oben reingelegt."

Sie schüttelt nur den Kopf, während sie sich auf den Weg nach Hause macht. Was für ein liebenswerter Chaot, denkt sie. Sie bemerkt nicht, wie Irene hinter dem Vorhang steht, sie beobachtet und versucht sie mit Blicken zu töten.

292

Kapitel 98

„Du kannst dir gar nicht vorstellen, wie einsam ich mich hier fühle. Das Hotelzimmer ist so kahl und ungemütlich. Ich freue mich schon, dass ich bald wieder zu Hause bei dir und den Kindern bin," sagt ihr Ehemann am Telefon. Es wärmt ihr Herz, dass auch er sie vermisst. Noch immer hat sie sich nicht daran gewöhnt, alleine zu schlafen. Beim Essen stellt sie noch immer einen Teller zuviel hin und wenn ein Auto vorfährt, wartet sie, dass er gleich zur Tür hereinkommt.

„Und wie ist es sonst?" fragt sie, um etwas über seinen Tag zu erfahren.

„Unheimlich viel Arbeit," stöhnt er. „Auch wenn ich das Hotelzimmer nicht mag und mich hier nicht wohlfühle, bin ich doch froh, wenn ich endlich hier bin."

„Kommst du?" hört die Hausfrau eine weibliche Stimme, die sich in unmittelbarer Nähe ihres Ehemannes aufhalten muss.

„Sofort," ruft er zurück. Sie hört, wie er den Hörer bei seiner Antwort abdeckt.

„Entschuldige mein Schatz," fährt er dann fort, „ich muss zum nächsten Meeting."

„Um die Uhrzeit?" fragt sie nach und schaut auf die Uhr. Es ist schon 21 Uhr.

„Ja, leider. Das Projekt soll morgen fertig sein und sonst schaffen wir das nicht. Wir werden wohl die ganze Nacht durcharbeiten. Du glaubst gar nicht, wie sehr ich mich auf zuhause freue. Ich melde mich morgen, wenn das Projekt abgeschlossen ist. Dann habe ich hoffentlich einmal Luft zum Durchatmen. Ich liebe dich."

Bevor sie nachfragen kann, wer „wir" ist und wer die Frau ist und was sie überhaupt in seinem Hotelzimmer macht, hat er schon aufgelegt. Nicht einmal ihre Erwiderung, dass sie ihn auch liebt, hat er abgewartet. Sie starrt einen Moment das Telefon an, als würde es ihr sagen, was das zu bedeuten hat. Seit sie sich das erste Mal ihre Liebe gestanden haben, sind sie nie eingeschlafen, ohne es sich noch einmal zu sagen. Vielleicht hat es sich einfach abgenutzt. Vielleicht ist es ihm nicht mehr wichtig, es zu hören. Noch während sie das Telefon anstarrt, klingelt es erneut.

„Akku alle," sagt ihr Ehemann. „Ich liebe dich."

„Ich liebe dich auch," sagt sie erleichtert.

„Bis morgen."

„Bis morgen."

Kapitel 99

Nach einer unruhigen Nacht quält sich die Hausfrau aus dem Bett. Irgendetwas war anders heute Nacht. Es war nicht nur die Tatsache, dass ihr Ehemann nicht da war, sondern dass er erst um 21 Uhr mit einer anderer Frau ausgeht. Ihr Verstand sagt ihr, dass es nur Arbeit ist, aber eine kleine fiese Stimme in ihrem Hinterkopf fragt sie, ob es wirklich Arbeit ist. Diese kleine Stimme wurde über Nacht immer lauter und gemeiner. Die Hausfrau muss sich beschäftigen, damit ihr Verstand über die kleine Stimme siegt. Andernfalls wird sie verrückt. Sie versucht, sich über die Stimme lustig zu machen. Sie war noch nie eifersüchtig, warum jetzt? Doch so wirklich gelingt es ihr nicht. Also macht sie sich gleich daran, für ihre Familie zu sorgen, es wird sie ablenken. Noch eine Nacht, dann ist ihr Mann schon zurück und sie wird sehen, dass die kleine Stimme nur gemein sein wollte.

Aus dem Küchenfenster sieht sie, wie Irene in ein Taxi steigt. Der Fahrer stellt einen Koffer in den Kofferraum, bevor sie beide davonfahren. Komisch, denkt die Hausfrau, noch nie ist einer der Nachbarn mit einem

Taxi und Koffer davongefahren. Zu Feiern hin oder zurück wurde schon einmal ein Taxi gerufen, aber für den Urlaub nutzt man entweder das eigene Auto oder einer der Nachbarn fährt einen zum Flughafen, Bus oder Fähranleger. Die Hausfrau zuckt mit den Achseln. Was geht es sie an. Irene ist ja eh nicht ganz normal im Kopf. Wie oft ist sie schon aus- und eingezogen, weil sie der Meinung war, ihr Mann würde sie zu sehr einengen, obwohl sie sich stetig auf irgendwelchen Single-Partys herumtrieb. Manchmal wünscht sich die Hausfrau, sie könnte in den Kopf von Irene hineinsehen, um sie besser zu verstehen und ihr zu helfen. Denn dass Irene Hilfe braucht, um ein glückliches Leben zu führen, dessen ist die Hausfrau sich sicher.

„Morgen kommt Papa wieder," ruft ihr Sohn, als er die Küche betritt, als wäre es eine Neuigkeit, die ein ganzer Markplatz erfahren müsste.

„Ja, das stimmt," sagt sie Hausfrau und streicht ihm über den Kopf. Er schüttelt den Kopf, um ihre Hand abzuwehren.

„Bleibt er jetzt hier?" fragt er weiter.

„Soweit ich weiß ja," gibt die Hausfrau zurück und hoffe inständig, dass keine weiteren Dienstreisen anstehen. Sie weiß nicht, wie oft und wie lang ihre Nerven eine Trennung noch aushalten würden.

Kapitel 100

Sie hört den Schlüssel in der Tür. Welches ihrer Kinder hat heute wieder einmal früher Schulschluss, fragt sich die Hausfrau. Immer häufiger fallen Unterrichtsstunden aus. Einerseits freut sie sich natürlich für ihre Kinder, dass sie mehr Freizeit haben, aber so langsam fragt sie sich auch, wann ihre Kinder den ganzen Stoff nachholen werden, der wichtig für später ist oder sogar in den Abschlussprüfungen vorkommen kann. Zu ihrer Überraschung kommt keines ihrer Kinder in die Küche, um zu sehen, was es zu essen geben wird. Ihr Mann steht im Türrahmen und grinst schief. Sie ist so überrascht, dass sie ihn nur anstarren kann.

Er geht auf sie zu und küsst sie. Er küsst sie, als hätte er es schon Wochen oder Monate nicht getan, dabei waren es nur wenige Tage. Er schließt sie so fest in die Arme, dass sie keine Luft mehr bekommt. „Was machst du schon hier?" fragt sie ihn mit erstickter Stimme.

„Ich habe es keine Nacht mehr ohne dich ausgehalten," gibt er zurück. „Leider muss ich gleich noch einmal ins Büro. Aber ich habe dich so sehr vermisst, ich musste dich erst sehen," sagt er und gibt ihr einen Kuss auf die Nase. Sie schmiegt sich in seine Arme und nimmt seinen Duft in ihre Nase auf. Seit er fortgegangen ist, hat sie sich nicht mehr so wohl gefühlt. „Ich bin zum Abendessen zurück", sagt er, drückt sie noch einmal fest an sich und schon ist er wieder verschwunden. Wenn sein Koffer nicht im Flur stehen würde, könnte sie fast das Gefühl haben, dass er gar nicht da gewesen ist. Dennoch ist ihre Stimmung so gut wie seit Tagen nicht mehr.

Pfeifend nimmt sie den Koffer mit in den ersten Stock, um die Wäsche zu sortieren und die Sachen auszupacken. Sie öffnet den Koffer und ihr stockt der Atem. Direkt obenauf liegt ein Hemd von ihrem Mann. Am Kragen befindet sich unübersehbar eine Spur von rotem Lippenstift. Okay, beruhige dich, sagt sie zu sich selber. Es ist nur der Kragen des Hemdes. Wer weiß, wie er darangekommen ist und ein Mann wäre ja nicht so dumm, ein Relikt einer Affäre so demonstrativ in den Koffer zu legen. Sie hebt das Hemd an, um den Fleck einzuweichen, als eine Unterhose ihres Mannes aus dem gefalteten Hemd fällt. Der Hausfrau zieht es im wahrsten Sinne des

300

Wortes, die Füße weg. Auch auf der Unterhose befinden sich rote Spuren eines Lippenstifts.

Die Hausfrau landet unsanft auf dem Hintern. Vor ihr liegen nun die beiden unwiderlegbaren Beweise, dass ihr Mann eine Affäre hat. Ihr dreht sich der Magen um. Ihr ist schlecht und gleichzeitig fühlt es sich so an, als würde die Welt aufhören, sich zu drehen. Es rauscht in ihren Ohren und die Welt verschwimmt vor ihren Augen. Sie ist unfähig, sich zu bewegen. Alle Gefühle auf einmal stürzen auf sie ein und dennoch ist sie nicht in der Lage, eines wirklich zu fühlen. Ihr Kopf ist voll und gleichzeitig leer. Sie sitzt einfach nur da und versucht zu begreifen, wie ihre Welt und ihr Leben so über ihr zusammenbrechen kann.

Milton Keynes UK
Ingram Content Group UK Ltd.
UKHW030955181124
451360UK00006B/613

9 783759 761781